U0010016

我說，所以我存在：

語言如何形塑我們的思想並決定社會的政治

庫布拉・古慕塞 著

杜子倩 譯

目次

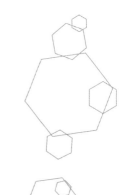

獻給那些為我們鋪平道路的人，
那些走在前面，卻無法被允許存在的人。
獻給那個溫柔牽著我的手，
帶領我走過世界的孩子。

在是非對錯的概念之外，

有一片田野，我在那裡等你。

——魯米（Rumi）

語言的力量

我引領著這個形體進入「它」的世界。

——馬丁·布伯（Martin Buber）

是什麼先出現呢？是我們的語言還是我們的認知？

那是許多年前的事了。在一個溫暖的夏夜裡，在土耳其西南部一個小城的港口邊，我們喝著紅茶，悠閒地嗑著鹽味葵花籽。我的伯母看著海，她望向那片深沉、靜謐的黑暗，對我說：「你看，這個雅卡默思（yakamoz）好明亮啊！」我隨著她的目光看過去，卻找不到任何明亮的光。「在哪裡？」我問。她再次指向海，但是我卻不明白她的意思，我的父母笑著向我解釋雅卡默思是月亮在水中的倒影。而今，我也能看到我面前那黑暗裡的亮光。雅卡默思。

從那時起，每當我在夜晚於海邊散步時總會看見它。我好奇我周遭的人和那些不知何謂雅卡默思的人是否也能看見？因為語言會改變我們的認知，而我因為認識這個字彙才能感受這個名詞的意涵。

如果你除了德語之外還會說另外一種語言，那麼你絕對想得出無數用來描述現象、狀況或情感的字彙，但在德語中卻沒有貼切翻譯的對應單字。

日語中的「木漏れ日」意為「葉隙間撒落的陽

光」。「古爾發」（Gurfa）是阿拉伯語，表示「用一隻手可舀起的水量」。希臘語字彙「美拉奇」（meraki）是指「用熱情、熱愛和精力全心去做一件事」。你是否有過這種情況：當你身處陌生的城市之中，有人為你指路，你認真地聆聽，但是當你一抬起腳卻立刻忘了路該怎麼走？夏威夷語有一個描繪這個情況的詞彙叫作「阿奇依」（akihi）。

還有這個土耳其字彙「古爾貝」（gurbet）。

那是好幾年前的事了，當時我住在英國牛津。在開齋節那天早上，我聽著收音機播放關於德國開齋節的報導，主持人敘述在清晨微曦中出發前往清真寺的父親們，也談到家家戶戶的興奮之情和共享早餐的倒數準備，還有穿著新衣、梳好頭髮、滿心期待地圍著禮物袋跳舞的孩子們。

收音機傳來的熟悉聲響滿溢廚房，那是自我離開德國的家人、旅居國外以來，頭一次感受到這些帶來的空虛。我發現我思念熟悉的人，思念我的父母、兄弟姊妹、祖父母、叔伯嬸姨、表堂兄弟姊妹，還有每次緊抱我說著孩提時的我是什麼模樣、時間過得好快的社區長者。就是如此，那些所有愛

我說，所以我存在

我的人不在我身旁令我感到悲傷。

　　然而，其實不在的不是**他們**，而是**我**。是**我**離開了，我活在「古爾貝」中。

　　我坐在書桌前試著將我的情感化為文字，手指在鍵盤上飛舞，行雲流水般寫著，覺得再自然不過。直到許久之後，我才驚覺自己是以土耳其語書寫，即使我在那段時間多半以德語或英語交談及思考，但我在異地強烈思鄉的那種情感卻是土耳其語「古爾貝」最能適切表達。對比這個字彙給予我的觸動，「生活在他鄉」這個翻譯顯得過分貧乏。[1]

　　「古爾貝」是我在德語中找不到直接翻譯的眾多詞彙之一，正如同許多我以德語陳述的想法無法以簡單的土耳其語句表達。有時候我想以土耳其語說德語的「doch」（這是一個很有意思的字彙，可以用來否定任何陳述），想解釋總浮現在我腦海中的「Fernweh」（思慕遠方）或「Schadenfreude」（幸災樂禍），我在翻譯每個字彙時，都需要以若干完整句子讓對方多少了解我的想法、我的意思或我的感覺。某些情感只存在於特定的語言裡，語言打開了我們的世界，卻同時也限制了它。

威廉·馮·洪堡（Wilhelm von Humboldt）曾說，每種語言都存在「一種獨特的世界觀」。[2]倘若如此，一種語言的世界觀和另一種語言的世界觀能有多大程度的差異呢？我們的語言（不僅只有字彙）影響了我們的世界認知，這已是不爭的事實，其中有爭議的問題是：語言究竟能影響我們的認知與思考到什麼程度？[3]

以數字為例，有些語言並不使用數字，例如巴西亞馬遜流域的皮拉哈人（Pirahã）所說的語言，除了「一」、「二」和「許多」[4]之外，它沒有表達特定數量的詞彙。[5]如此說來，皮拉哈人對世界的認知是否和我們不同？為了找出答案，研究者進行了以下的實驗：他們在桌上放了若干個電池，最多不超過十個，接著請志願者放上相同數目的電池。志願者能輕鬆完成數量三個以下的電池任務，但是一旦電池數量超過四個，他們的表現就越來越不確定。

此外，皮拉哈人也不使用精確的顏色用詞。研究皮拉哈語多年的語言學家丹尼爾·艾佛瑞特（Daniel Everett）說，有時候皮拉哈人為了滿足研究者，會乾脆隨意用其他字彙來表示顏色。他們也

　　　　　　　　　　　我說，所以我存在

不使用過去式的時態。艾佛瑞特認為，皮拉哈人是真正活在當下、專注於現在的人，及時行樂正是為他們量身打造的人生準則。只有少數皮拉哈人記得祖父母的名字。對比其他生活條件類似的民族會預先耕作生產幾個月的小麥，皮拉哈人最多只有幾天存糧。他們和其他的亞馬遜民族一樣沒有創始神話，如果他們被問到過去，在皮拉哈人出現之前、在森林出現之前的情況是如何，他們會回答：「一切一直是如此。」艾佛瑞特所描述的「xibipíío」可以被視為理解皮拉哈人世界觀的關鍵字：

> 最後，我終於理解這個字指的是「經驗的閾限」，就是正要進入或是離開感知範疇的活動，亦即跨越經驗界線的那一刻。閃爍的火苗是反覆出現與消失在經驗或感知範疇的火光。……皮拉哈人的陳述內容只與此時此刻直接相關，可能是談話者本身所經歷的事件，或者談話者生命中接觸過的人親眼目睹之事。[6]

最初幾年，艾佛瑞特是以基督教傳教士身分和皮拉哈人一起生活。然而，他想讓皮拉哈人皈依的

努力卻屢屢失敗，因為他們對聖經故事絲毫不感興趣，也對於艾佛瑞特老是講著沒人能證實其言行的耶穌感到奇怪。他們的文化不單單沒有創始神話，也沒有民間故事或傳說。就這樣，艾佛瑞特最終在和皮拉哈人共同生活的影響之下成了無神論者。

如果我們說著一種沒有過去的語言，我們的思維還會如同現在一般，投注在遙遠過往所發生的事嗎？我們還會沉浸在歷史故事或其他人的回憶裡嗎？這對宗教、思想運動和國家會有什麼樣的意義？如果沒有集體歷史，民族國家還可能存在嗎？

一隻眼注視過去的國家是英明的，

兩隻眼都看向過去的國家是瞎子。

——北愛爾蘭貝爾法斯特一面牆上的刻印文字

語言同樣會影響我們當下的認知。某些語言（如德語或西班牙語）的名詞在語法上有性別之分，「橋」在德語中是陰性，在西班牙語中是陽性。這也進一步將真實的橋性別化了：在德語中，

「橋」被視為「美麗」、「優雅」、「脆弱」、「和平」、「漂亮」及「修長」，而西班牙語則經常以「巨大」、「危險」、「強壯」、「穩固」及「有力」等詞彙來形容它。[7]

反之，許多其他語言（如印尼語、土耳其語、日語、芬蘭語或波斯語）並沒有特定性別的代名詞，也就是說，沒有「他」、「她」或「它」。認知心理學家蕾拉・布洛迪斯基（Lera Boroditsky）曾描述一次和印尼語母語者的對話，當時兩人以印尼語談論布洛迪斯基的一位朋友。與布洛迪斯基對談的人並不認識她的這位朋友，在對話中問了各種關於這個朋友的問題，但是直到第二十一個問題才問起這個朋友是男還是女。[8]

這讓布洛迪斯基驚訝萬分，她的對談者可以在整個談話過程中都不知道一個人的性別。[9]你呢？你能夠聽著一個人的故事，並提出問題，卻克制住想知道這個人的性別的衝動嗎？[10]

澳洲北部的庫克薩優里（Kuuk Thaayorre）人的語言在對空間和時間的認知方面尤其特別。在庫克薩優里語中沒有「左」和「右」這種字彙，而是

以方位取代,譬如:「在你的西北臂上有一隻螞蟻」或是「你可以把杯子往南南東移一些嗎?」庫克薩優里人四、五歲時就能在密閉的室內空間中精準地指出方位。[11]當兩個庫克薩優里人碰面時,他們在問候的同時就會問對方去哪裡,說話的雙方在聊天時便會持續指出方位,這個在他們語言裡既基本又再自然不過的元素。布洛迪斯基在嘗試學習庫克薩優里語的過程中經歷了以下的事情:

> 我在那裡有個很酷的體驗。我嘗試保持方向感,因為這裡的人覺得我缺乏方向感是件很蠢的事,這很傷人,所以我試著記住哪條路通往哪裡。
>
> 有天我和他們一起出門,而我就只看著地上。這時我突然發現自己的腦中跳出一扇新窗戶,我彷彿走在一個我正鳥瞰著的景觀中,而我是一個穿梭其中的小紅點。當我轉過身,小窗戶就停在那個景觀不動,但是它仍在我內在的眼睛前轉動著。然後……我心想,噢,這可簡單多了。現在我可以記住方位了。

　　　　　　　　　　　　　　我說,所以我存在

當布洛迪斯基對一個庫克薩優里人說起這個對她而言相當奇特的經驗後,他笑了起來,還問她,要不然一個人要怎麼在這個世界上找到方位?[12]

藉由其文法結構、法則和規範,我們的語言不僅影響我們對空間的認知,也影響我們對時間的認知。你怎麼看待時間的流逝?假如我請身為德語母語者的你將一個人從出生至老年的圖像依時間順序排列,你可能會將它們從左排到右。在德語和所有拉丁語系語言,我們從左到右讀寫,所以我們對時間的認知也是如此。希伯來語或阿拉伯語使用者則正好相反,他們可能會從右排到左。那麼庫克薩優里人會如何排列圖像呢?答案是:有時從左到右,有時從右到左,有時從前面到後面,有時從後面到前面,端視他們當時所坐的位置。對庫克薩優里人而言,時間從東邊流向西邊;如果他們朝北坐,他們便會將圖像從右到左排列;如果他們朝南坐,他們便會將圖像從左到右排列。

這種對時間和世界的認知令我難忘。唯有透過這種比較,我們才能看清楚自己被教導的世界觀:一切圍繞著我們,甚至是繞著這個「我」及其個人

認知而轉。我轉，世界便隨著我轉。假如我們說的是一種類似庫克薩優里語的語言，它會時時提醒「我們只不過是巨大地圖中的一個小紅點，時間靜靜流逝，無論『我』身處何處」，又會怎麼樣呢？我們將以什麼樣的原則、什麼樣的謙遜去對待其他人、其他生物以及大自然？

> 我們語言的規則是這樣的：九十九位女歌手
> 和一位男歌手加在一起是一百位男歌手。
> 九十九個女人不見了，
> 再也找不到了，消失在男性抽屜裡。
> ——露易絲·普希（Luise F. Pusch）

研究其他語言有助於我們開啟自身語言界線的視野。不過，基本上不需要走這條彎路。即使不以旁觀者的角度看，你也能察覺這種不足，也能遭遇自身語言的侷限性。想像一下以下情況：一對父子開車出門，路上出了車禍。兩人都受了重傷，父親在送醫途中死亡，兒子必須馬上接受手術。其中一

名外科醫生看到他時，臉色發白地說：「我不能幫他開刀，他是我兒子！」[13]

這個人是誰？科學教育學家安娜貝爾·普洛斯勒（Annabell Preussler）以這個例子來說明一個因為我們的語言使用，而根植在我們腦中的既定印象。答案是：這個人是他的母親。[14]

為什麼這個故事一開始會如此令人困惑？因為只要一提到外科醫生，我們就會聯想到男人，而不是女人。我們之所以如此是因為，德語不只有特定性別的代名詞，還有屬性（genus），這是一種異於英語的語法性別。在英語中，「teacher」可以指女老師或男老師；雖然在德語中有女老師（Lehrerin）和男老師（Lehrer）的單字，但是它還有「統稱陽性」（generic masculine）的傳統，也就是說，男老師這個職稱的名詞可以包含男性和女性。

語言學家彼得·艾森柏格（Peter Einsenberg）認為，這種統稱既非特指男性也非特指女性，而是泛指所有教書的人，[15]重點只在於這項工作本身。然而，男性的立場被普遍中性化，使男性形式成為標準。如果不是指男性也不是指女性，那為什麼不

乾脆採用女性的形式？這正是身為德國女性主義語言學創始人之一的露易絲・普希的倡議。如果老師這個職稱是女老師，那麼是否同樣能泛指所有教書的人呢？

這場聯想實驗顯示出「統稱陽性」的不足之處。對女人而言，如果人們使用這個詞彙時只是可能將她們概括進去，而不是同時想到她們，那麼這樣是不夠的。

社會學家達格瑪・史塔柏格（Dagmar Stahlberg）、莎賓娜・史徹斯尼（Sabine Sczesny）和芙莉德里克・布朗（Friederike Braun）用以下的實驗展示了性別敏感的語言對我們思維產生的影響：她們將五十個女人和四十六個男人分成三組，每個人都會得到一份問卷。問卷的內容完全相同，唯一的差別在於性別稱謂。第一組被問的問題是：最喜歡的小說「主角」（hero）。第二組的問題是：最喜歡的小說角色（character）。第三組的問題則是：最喜歡的小說男／女主角（hero [in] es）。亦即三組問卷分別採用陽性、性別中性和陽性／陰性的不同形式。

在第二組性別中性和第三組陽性／陰性形式的組別中，女主角出現的頻率最高。而在採用陽性形式的第一組中，女主角出現的次數就明顯少得多，雖然這個陽性形式包含陰陽兩個性別。許多有關陽性語言形式使用的類似研究也得出相同結論：當我們使用這些形式時，我們不太會聯想到女人。[16]

那麼這個問題該如何解決呢？數十年來對此已經有諸多爭議及討論。我們應該使用括號，如同「hero(in)」（這樣將表達兩個性別的「或是」結合為一個字）？或是要使用斜線（「hero/heroine」，「hero/ine」）？那麼這些組合字又該如何發音？哪些之後會被廣泛使用？[17]儘管如此，問題依然存在：這些提議是否只是治標不治本？也許我們需要一個新的、明顯非中性的陽性字尾，如此一來，老師就能「真正」泛指所有教書的人？如此一來，男人就不再是標準？或者，我們是否應該使用一種完全捨棄將人依性別歸類的語言？例如史瓦希利語、烏茲別克語、亞美尼亞語、芬蘭語和土耳其語。

我和兒子主要說土耳其語。不同於德語裡有「他」、「她」或「它」，土耳其語只使用

「o」。[18]當他使用德語的情況越多，我發現自己在他使用「錯誤」性別時，糾正他的次數就越多。當然，我只糾正他在語言使用上的錯誤。但是從另一個角度來看，我又為什麼要在他認識一個人更為重要的特質之前，就先教育他將人歸類為男或女呢？[19]

可以確定的是，為了能夠表達，為了能夠成為我們，為了能夠去看其他人是誰，我們必須研究這個抓住我們現實的語言建築。

✦

我的語言界線，就是我世界的界線。
——魯德維希·維根斯坦（Ludwig Wittgenstein）

某次我和一個多元團體共進晚餐，期間我談到語言如何排擠人的議題。同桌許多人同意我的看法，也紛紛講述了自己的經驗，直到一個在此之前一直沉默不語的女人發言。她說她很驚訝我和在場其他人對語言中的不公義如此感興趣，她從來沒想過自己被「統稱陽性」排擠，也從來不覺得因為語

言受限。相反地，她被教導要正面看待世界，畢竟誰知道她這輩子還會發生什麼事？最糟的狀況下，她還是會一直有個溫暖的家，有足夠的衣服穿，也有足夠的食物吃。

我有些不知所措地聽著她說話。我心想，也許有人從未撞牆過，他們從未狠狠摔入無力、失控、羞辱、寂寞或無語之中，也許這樣的人無法想像真的有一道貫穿我們社會的高牆。也許這樣的人走在牆邊，卻察覺不到牆的存在，渾然不知對許多其他人而言（他們最糟的狀況會非常不同），牆是真實存在的。

美國作家大衛·福斯特·華萊士（David Foster Wallace）講過一則著名的魚兒寓言，我認為它完美詮釋了語言與其力量：

> 有兩尾年輕的魚兒並肩游著，遇到一尾正要去別處的年長的魚。年長的魚向他們點頭打招呼：「早安啊，孩子們。水怎麼樣啊？」兩尾年輕的魚兒繼續往前游了一會兒之後，其中一尾魚兒終於忍不住看看另一尾魚兒，問道：

「水到底是什麼東西啊?」[20]

對人類而言,語言及其所有面向(詞彙、詞彙種類、時間型態)正如同水之於魚。它是構成我們思想與生活的原料,在我們完全沒有意識到的情況下形塑我們並影響我們。當我「覺察到自己感知極限」的這一點,面對一個只從我有限觀點理解的世界時,我感到謙卑。對於知道這些極限的存在,我心懷感激,希望它們能阻止我固守成見地看世界。知道我們的極限會對應出我們在無知中假定的事情——那些我們視為普世概念的事物,但實際上只是定義了我們視野的極限。

然而,我認知的侷限性也發揮了激勵作用,它讓我了解自己還有許多東西要學習、吸收和理解。如果語言從根本上指引了我們看待世界的方式(也因此限制了它),那麼語言不僅只是政治上的把戲,而是非常重要的。如果語言是造就我們的思想與生活的原料,那麼我們當然應該時時自問:我們是否同意它形塑我們的方式與結果?

從我們如何評價不同的語言、如何看待在我

我說,所以我存在

們語言界線之外的觀點、哪些語言在校園中受到青睞、哪些語言被鄙視，你便能對我們的社會和文化有一番深入了解。同樣地，當我們面對嘗試以新詞彙擴充我們語言、創造字彙以將他人去人性的人，我們的態度也透露了許多社會的價值觀。

語言是強而有力的，而力量意味著責任。

要如何處理這股力量？在這樣的時刻我會想起這個土耳其字彙：「阿熙祺葉」（aciziyet）。

軟弱，無助，無力。這些是我在尋找這個詞的德語同義字時，翻譯資料庫提供的字彙。但「aciziyet」的涵義遠比這些來得更多，這是一個讓我從最底部看世界的字彙。它讓我感到無力、虛弱、沒有機會、覺得遙不可及，並且要承受一切。但我不覺得這是個負面詞。有種奇特的自由和這個字彙連結在一起，因為「aciziyet」也意味著一個人在遭遇到某種狀況的留心感知，亦即對生活狀況的解脫與接受。不是屈辱的臣服，而是有尊嚴的敬重。也許這種對於我們虛無的釋然留心正是我們少數能全然理解的真理之一，我們的「阿熙祺葉」。

當語言對我們運行順暢時，我們不會察覺到自

己的思想由什麼構成，也看不見語言的結構。只有當它限制我們，令我們無法呼吸之時，我們才會發現語言的高牆和界線。

在語言之於我不再運行順暢的那一刻，我便開始感知它的結構。我意識到是什麼將自己推入死角，讓我感到窒息。語言就像使用它的人一般，既豐富又貧乏，既受限又寬廣，既開放又偏頗。

文學批評家、哲學家，也是猶太人大屠殺的倖存者喬治‧史坦納（George Steiner）在一九六〇年發表的論文《空洞的奇蹟》（Das hohle Wunder）中寫道：「一切都會被遺忘，唯有語言不會。一旦它被虛假、謊言與不實所感染，就必須藉助最強力、最完整的真實來洗淨它。」史坦納指的是二戰後德國的語言。他控訴這個過程已然停頓，德國的語言反倒「掩飾、偽善與蓄意的遺忘」。[21] 但是他指的不是語言本身，而是語言如何形塑思想和行為，也就是「語言和政治不人道的交互關係」。[22]

這種「語言和政治不人道的交互關係」正是本書的主題。德裔猶太記者暨編輯庫爾特‧圖霍爾斯基（Kurt Tucholsky）稱語言是一種武器。是的，

它可以是，而且它太常在說話者不自覺的情況下成
為武器。但是它不是非得如此。語言也可以是一種
工具，它可以在夜晚的黑暗中讓我們看見月光的反
射。語言可以限制我們的世界，卻也可以無止境地
敞開我們的世界。

在語言之間

學習一種外語等同逐漸習慣其他世界裡也有聰明人存在的想法。
——塔－奈西希·科特斯（Ta-Nehisi Coates）

一種語言，一個人。兩種語言，兩種人。
——土耳其諺語

在我們說的語言裡，我們是誰？

在家使用兩種或兩種以上語言的人說，他們在每種語言裡有另一種人格。這有可能嗎？我們會如同捷克諺語所言，在學習每一種語言時就獲得一個新的靈魂嗎？

我以三種語言讀寫思考，以四種語言感受，我的速度、音調、情感狀態隨著語言切換而改變。

我以土耳其語寫詩，以土耳其語禱告，以土耳其語哭泣。

甚至在我出生之前，我就已經熟悉這個語言。我在這個語言裡受到母親、父親、家人們的疼愛，在這個語言裡第一次付出愛。我也在這個語言裡學習讀寫，它的文字讓我和母親的世界連結在一起。母親經常讀寫至深夜，直到現在仍持續寫詩，將她的情感、想法、痛苦以不同面貌同時隱藏與揭露。我讀的第一本小說也是以土耳其語寫成。直到今天，這仍是一個僅是敲擊幾次鍵盤就能觸動我身心靈的語言，如今我在這個語言裡愛我的兒子，帶他認識世界。

土耳其語也是我有時候用來逃避的語言，雖然

在它裡面並不會讓我覺得舒服，我無法全然活在其中，因為它是一個被浪漫化的地方，我從來無法穿透它的黑暗角落和界線。

　　我最早聽到的幾個阿拉伯語字彙是祖父在我耳邊輕聲說的伊斯蘭教喚拜用語。祈禱詞緊接在喚拜之後，期許這個新生命在數十年之後重歸塵土；家屬齊聚墓前時，新生時的祝禱在逝者的一生應驗。我的祖父對我最初的輕喚象徵永恆，結合了生與死，後面接著一個名字庫布拉。我應該如此被呼喚，也是我現在被稱呼的名字。

　　阿拉伯語伴隨著我的一生。對我而言，這是一種悅耳的語言，平靜而舒緩。父母的經文朗誦聲會溢滿家中四處，讓我感到安全。因此阿拉伯語成了我學習與閱讀的第二語言，雖然我從未真正理解它的涵義。直到今天，它之於我仍是種深處閉鎖的語言，就像一首我能感受、卻無法理解全貌的旋律。

　　我最早會說的幾個德語字彙是我坐在廚房椅子上驕傲說出來的——「車子」、「房子」、「樹」，當時是冬天，我還沒上幼兒園，烤箱裡烤著栗子。德語將會成為我最重要、最全面，卻也是

最矛盾的家。它對我敞開了巨大寬廣的世界，給予我新的自主性，我在這個語言裡結交新的朋友。它也是通往文學寶藏、故事，通往過去和未來願景的鑰匙。它讓我和陌生人產生連結，和友善的人也和不太友善的人交流，現在的我懂得別人用厭惡的眼神看著我說話意味著什麼。無論喜歡與否，德語都將我們綑綁在一起了。

我以德語學習並以德語授課。事情有「對」與「錯」，空白處有紅線和頁邊的評語，還有最優秀與最糟糕學生的評比。在這個語言裡，我不被允許說我的母語，因為這對其他人來說很奇怪，就像我一樣。

我開始快速地說德語，比現在更快、更忙亂，我試著在允許的時間內塞入最多的東西去敘述、去說明。我想要整個人存在這個語言裡，想要在它之中實現自我，在它裡面做自己。但是我碰撞到了這個語言的界線。我跌倒了，我站起來。再試一次，這回加上助跑。我衝撞它的牆，在它的障礙上跌倒。重新站起，疲累，垮下，站起。一次又一次，滿懷希望。

當我用德語思考，並且想要表達我的想法時，我會對於那些無法穿過德語如針縫般的面向感到悲哀。我想要能以德語表達一切，這是我對其他語言不會有的要求。我以德語玩樂、奮戰，我愛它且尊敬它，而且這一切同時發生。

　　然後我離開德國，將語言切換成英語。

　　我在英語裡比較放鬆，肩膀不會那麼沉重，感到很自由。我信任自己所說的內容和自己說話的對象，那個和我一起思考的人，我不需要拚命讓別人理解我。我給予想法空間，詩句正是在這個我剛學會的語言裡如此輕易地從筆尖流出。如果我想不出一個字，我就自己發明一個。我用其他語言來補充這個語言。對我來說，英語具有彈性，它請求我將自己交付給它。可是，它不是我想全心託付的語言，它不是我渴望的語言。

　　德語才是我想要擁抱的語言。於是我重回德語身邊，不想再和它纏鬥，我就只想「在它裡面」。我也開始用德語寫詩，開始拓展德語文字，不需要請求批准。說到底，我究竟要向誰請求批准呢？它不是出借品，也不是暫時託付給我的東西，而是一

　　　　　　　　　我說，所以我存在

部分的我。它屬於我，正如它屬於其他德語使用者一般，但是這得從我停止請求批准起才算。

對我而言，土耳其語是愛和憂鬱的語言。

阿拉伯語是神祕的、心靈的語言。

德語是智識和渴望的語言。

英語是自由的語言。

對美國作家鍾芭‧拉希莉（Jumpa Lahiri）而言，英語這個讓她多次寫書獲獎的語言的情況正好相反。

印度裔、在美國成長的拉希莉描述，她總是活在「語言的流亡」中，她的母語孟加拉語變成一種外語，因為她沒學習讀寫孟加拉語，因為它對美國人是一種外語。

她和英語的關係充滿矛盾，就像許多在學校學會英語的多語寫作者一般。英語是多數人的語言，它決定誰隸屬其中、誰不是其中一份子。她說：「英語幾乎是我一生中一場強烈的奮戰，一個痛苦的衝突，一種持續的失敗感，可以說是我所有恐懼的來源。它代表一種你必須掌握與詮釋的文化。英語是我過去歲月裡一個沉重艱難的部分。我受夠

了。」[1]

　　她快三十歲時和妹妹去佛羅倫斯旅行，接著被義大利文迷住了，彷彿這就是她一直渴求的語言。她不斷學習義大利語，最終在四十多歲時和丈夫移居羅馬。她沉浸在義大利語之中，最後也決定用義大利語寫作，她說自己在義大利語裡是個更強悍、更自由的人。

　　這種「語言流亡」的感覺以及語言之間的相互豐富彼此，也是許多多語作家關注的重點。作家納維德‧克爾瑪尼（Navid Kermani）寫道：

　　　我只呼吸德語，我只能塑造德語。波斯語
　　則不同。我比較熟悉波斯語，也許甚至在情感
　　上更靠近它，但是我對它不精通。我無法好好
　　掌握它，以至於無法創造出我自己的語言。然
　　而，它似乎時不時能在某些地方幫助我擴展、
　　形塑德語。[2]

　　音樂人歐內吉露（Onejiru）在肯亞長大，十三歲時移居德國。她的母語基庫尤語和史瓦希利語被禁止，於是她只能說官方語言英語。如果她和其他

孩子被抓到說自己的母語就會受罰，甚至挨打。英語對她而言是監獄，而在她移民之後學習的德語則是自由的語言。她在德語裡學到性，認識身為女人的自己，她在德語中長大。「在我的母語裡，我一直還是一個十三歲的女孩。」她這麼告訴我，如果有人以史瓦希利語或基庫尤語談論性，她到今天都還會臉紅。

然而，她以這些語言歌唱：基庫尤語、史瓦希利語、德語、英語，還有法語，也就是她最初學的語言、被選擇的語言和殖民語言。每種語言都能讓她表達相當特別的經驗，少了任何一種語言就少了她存在的一個部分。如果她只說其中一種語言，那麼她就不可能存在。

神聖羅馬皇帝查理五世（Charles V, Holy Roman Emperor）曾說過一段經常被引用的話：「當我向上帝禱告時，我講西班牙語。和情人講義大利文，和朋友講法語，和馬講德語。」[3]這段話是否為真尚有爭議，然而它卻成功描述了語言的普遍性與效用的問題。

作家艾麗芙・夏法克（Elif Şafak）寫書時有

時會先寫英語，再譯成土耳其語，其實相當於重寫一遍，最後她再譯回英語並重新編輯。她說用土耳其語比較能書寫憂鬱和痛苦，用英語則是幽默、諷刺、嘲弄和矛盾：

> 當我在土耳其語和英語之間來回轉換，我會留意那些我無法直接翻譯的字彙。我思索的不只是這些字彙和它們的涵義，還有空缺和縫隙。奇特的是，這些年下來，我發現距離有時候反而能引領人更接近目標，退一步能讓你將眼前事物看得更清楚。我用英語寫作時並沒有讓我遠離土耳其，相反地，它讓我更接近它。

> 每種新語言就是一個額外的存在空間。我們這個世紀是人以一種以上的語言作夢的世紀。如果我們能以一種以上的語言作夢，如果我們的大腦能完善配置這種多樣性，我們便能以一種以上的語言寫作，如果我們想要的話。[4]

如同克爾瑪尼和夏法克，作家艾米娜・瑟維・奧茲達馬（Emine Sevgi Özdamar）也嘗試讓她書寫的語言之於她思考的語言保持穿透性，以便擴展

它。嬉鬧、自在、戲謔，她自信而輕盈地用土耳其語來豐富德語，她那優雅飄逸卻又不失堅毅的風格令我驚嘆。她給予自己所需要的空間，如果她想用德語表達「anadili」，她會按字面翻譯成「母親的舌頭」（正確的德語是「Muttersprache」，意指母語）。在她的小說《金角橋》（*Die Brücke vom Goldenen Horn*）裡，她描述主角（一個在德國的土耳其裔女工）努力地想丟掉她的「鑽石」。不諳土耳其文化的人讀了好幾頁內容仍會摸不著頭緒。但是她在情感上更精準地表達了主角的渴望，而不單只是談論主角失去的童貞。她引起共鳴的描述在於強加在「處女」的象徵性負擔，以及主角希望自己發生第一次性行為後就能從期待的壓力中解脫。[5]

如果我們在學校先學會一種多數群體的語言，而且我們的母語對其他人是陌生的，那麼我們便是作為外國人踏入這個房間。這種多數群體的語言是**別人的**，而不是**我們的**。我們努力學會它、掌握它、用它來溝通。我們在某個時刻精通了這個語言，在某個時刻覺得這是「我們的」語言了。我們可能沒有其他語言說得比這個主流語言更好，但是

我們卻仍然得證明自己精通這個語言的事實。

　　我們這些生活在不同語言環境中的孩子看得見隔開社會的高牆，但是對於那些只說著主流語言的多數人可能看不見。會說兩種以上語言的孩子很早就知道如何沿著這些牆移動、如何翻牆，有時甚至直接穿牆走過去。

　　我們生活在牆的兩邊，來回切換，希望這邊的人能看到另一邊所發生的事。我們將東西從這裡帶到那裡，我們奔跑，我們解釋，直到我們精疲力盡。但是我們也明白自己只有同時生活在兩邊才是完全地生存著，我們需要我們所有的語言才能存在，於是我們打開自己生活其中的語言，拉扯它們，將自己擠進去，撐開它們好讓它們能包覆我們，或者是能氣喘吁吁地逃走。

　　我們需要多重意義，需要模糊，需要在語言裡能異於他人的自由。

　　與此同時，我們不出錯、掌握規則、不帶口音的語言能力也象徵性地決定了歸屬感。

　　「如果我說話時不小心犯了一個文法錯誤，我會覺得好像是我的智商受到質疑。」一個法學院

學生告訴我她在大學時的經驗。她的母語是土耳其語，德語是她上學之後才學的語言，但是她很快就成為同屆德語最好的學生之一。然而在大學裡，身為少數有色學生的她極度缺乏自信，以至於和他人交談時經常忘記很簡單的文法規則。現在她說她寧可三緘其口。

對於被邊緣化的人而言，說話不僅是指字的發音、想法，還包含了歸屬感。[6]

> 每個人都有權利當多語人，
> 而且有權利去知道並使用對她／
> 他個人發展或社會遷移性最有力的語言。
> ——《世界語言權宣言》

外語不等同外語，雙語不等同雙語。

當你想到雙語，你會想到哪些語言？德語和法語？德語和英語？德語和漢語？它們都是放在履歷上、商場上、職場上好用的語言，受重視的語言。

你會想到德語和土耳其語嗎？德語和阿拉伯

語？德語和羅馬尼亞語？德語和波蘭語？德語和史瓦希利語？德語和庫德語？

二〇一八年，英國媒體得知當時兩歲的夏綠蒂公主和她的西班牙保母以保母的母語聊天，《每日鏡報》（*The Mirror*）下了這樣的標題：「夏綠蒂公主已經能說兩種語言了，她才兩歲。」[7]無數英國人也都講雙語長大，但是英語之外的另一種語言不是西班牙語或法語，而是烏都語、印度語或波蘭語，他們很好奇媒體是否也會大肆讚揚他們天賦異稟。

如果你的母語是英語、法語或西班牙語，但你沒有教你的德國小孩這個語言，別人會表示無法理解，還會批評你，畢竟其他小孩想學這個語言還得上昂貴的語言班、去國外待一陣子或是在學校上額外課程。這些「高級語言」對職場生涯很重要，掌握其中幾種語言是知識、語言天賦和高認知能力的表徵。

如果一個德國小孩的第二或第三外語是羅馬尼亞語、波蘭語、土耳其語、庫德語、波士尼亞語、阿拉伯語、波斯語、塔米爾語、哈札拉吉語、馬來語、祖魯語或喬拉語，還會被當作優異能力的證明

嗎？該將這些語言放進履歷中嗎？

在我十四歲時，我們在課堂上討論職業規劃，並且練習寫實習應徵信。我當時的志願是當小兒科醫生，於是我應徵了一間小兒科診所。我開始寫，總結了至那時為止的人生：我的家庭、我的小學、我的中學，列舉了我在藝術類比賽及運動類競賽的小小成就。然後我看到老師發的履歷寫作講義上的「語言」項目，在電腦上輸入德語、英語、拉丁語。土耳其語呢？該加上我的母語嗎？

最好不要。某種直覺告訴我不要這麼做。我記得念小學時一個老師說過：「我們這裡不講土耳其語。」土耳其語是移民的語言，所以我們不學土耳其語，我們要「忘掉」土耳其語。

我的母親愛詩，她還以著名的土耳其詩人梅梅特・阿基夫・艾索伊（Mehmet Akif Ersoy）為我的一個弟弟命名。她從我小時候就教我讀土耳其詩，讓我在家庭聚會時朗誦。然而，雖然我在上幼兒園之前就已經能讀寫土耳其語，也能閱讀和背誦阿拉伯語，學校裡或其他地方卻沒人對此感興趣。

假如大家能欣賞這種多語能力，將它視為珍貴

的寶藏、社會的豐富多元化，會怎麼樣呢？假如社會能鼓勵這種語言和文化的多元性，假如這種小孩的能力不被當作缺陷，會怎麼樣呢？

假如我們在學校除了歌德（Goethe）和席勒（Schiller），也讀奧茲達馬（Nazik al-Malaka）、瑪雅・安吉羅（Maya Angelou）、帕慕克（Orhan Pamuk）、哈菲茲（Hafez）、奧德雷・洛德（Audre Lorde）、艾倫・庫茲瓦約（Ellen Kuzwayo）或娜歐米亞・德・索沙（Noémi de Sousa），我們那些不說所謂「高級語言」的雙語同學們會怎麼樣？假如這些孩子的雙語能力不被視為缺點，而是未來潛力，又會怎麼樣呢？

也許就沒有人會在他們的種族出身裡尋找任何失敗的理由，這也不會成為他們畢生背負的汙點。也許他們會找到一種新的德國自我概念，其中也包含了其他非德國的語言文化，也許他們會覺得「我是有價值的」。

若是如此，我們為什麼不趕快開始呢？[8]

假如我們不再被允許說一種能讓我們的存在被聽見、被感受的語言，我們會怎麼樣？

「Min ve sonde jib o gele Kurd u gele Tirk xwend.」一九九一年十一月六日，新當選的議員蕾拉・查納（Leyla Zana）在土耳其議會宣誓就職時以這句話作為結語，現場伴隨著憤怒的噓聲和咒罵聲。「土耳其庫德兄弟情誼萬歲！」她以庫德語說道，在一個庫德激進份子在獄中受虐、庫德出版社被關閉，庫德人哀悼許多無辜遇難者的時刻（值得注意的是，這些形式的結構性暴力和對庫爾德人〔及其他邊緣化的少數民族〕的壓迫一直持續至今）。儘管如此，她的話是一種和平的、象徵性的行動，讓那些在汙名和禁忌外衣之下的人被看見。三年之後，這成了查納被判入獄十五年的原因之一。[9]

問題不在於她說了什麼，而是在於她以庫德語說這些話。土耳其共和國依民族國家模式成立時，不只居住在土耳其領土上的許多民族被宣告為「一個民族」，土耳其語也成為正式官方語言，因此少數民族的語言如希臘語、庫德語、切爾克西亞語和

猶太西班牙語便受到壓制。這個政策持續至今。幾十年來，說庫德語甚至是違法的，這表示庫德人連在自己家裡都得避免說自己的母語，即使那是他們父母唯一說得流利的語言。

在土耳其出生成長的庫德詩人貝楊·馬圖爾（Bejan Matur）在她的作品《望向山後》（*Dağın Ardına Bakmak*）記錄了她與加入庫德叛亂組織的庫德人之間的對話。在這本自傳紀錄中，禁說母語的痛苦時刻一次又一次不斷出現，例如來自土耳其東南省分阿迪亞曼（Adiyaman）的費哈特（Ferhat）：

> 幾年後，他（費哈特）從大學宿舍打了一通電話給母親，他已經幾個月沒聽到她的消息了。當他母親總算能在社區領導人的房子裡和他通上話，接線生卻打斷他們的對話：「你說的是一種被禁止說的語言，如果你繼續說，我就得斷線。」費哈特繼續回憶：「一開始我不明白，後來我才意識到她所謂『被禁止說的語言』是庫德語！那個女人再度打開我電話亭的門說：『你說的是一種被禁止說的語言，現在

我必須斷線了。』」我的眼淚奪眶而出。當我試著向我母親解釋這個狀況時，電話就被切斷了。我哭了。我覺得受到莫大的羞辱，這實在太痛了。[10]

語言在土耳其一直是個爭議性的政治議題。一九二八年，土耳其國父凱末爾（Mustafa Kemal Ataturk）發起「文字革命」或稱「字母革命」，廢除了在奧圖曼土耳其帝國時期使用的阿拉伯文字，改以拉丁字母取而代之。有人批評這使數以千計的學者一夕之間成了文盲，另一些人則認為此舉的目的正是創造一種普羅大眾能親近的簡化語言，能提高識字率。無論如何，文字改革的結果是，今天的土耳其年輕人已經無法閱讀祖先的原始文字。我這個在遠方、住在「古爾貝」的人，雖然能辨識曾祖父寫的文章，卻幾乎不明白它的意思，這對我也形成了一道過去與現在的鴻溝。

美國生物學家羅賓・沃爾・基默爾（Robin Wall Kimmerer）在開始學習祖先的語言之時，遭逢了一道類似卻更為深邃的鴻溝。基默爾隸屬原住民

的公民波塔瓦托米部落（Citizen Potawatomi），其行政所在地位於奧克拉荷馬州。如同其他幾千個原住民小孩，她的祖父在九歲時就被強制帶離原生家庭，安置在寄宿學校，這所學校強迫孩子們同化，不准說自己的母語。如今許多北美原民語被列為瀕危語言，包括波塔瓦托米語。大家十分興奮地期待這堂語言課，基默爾寫道，因為據說所有活著的波塔瓦托米人都將出席授課。而他們真的來了，拄著枴杖、扶著助行器、坐著輪椅。基默爾數著人數：「九個，九個能說流利波塔瓦托米語的人。在整個世界上，我們傳承數千年的語言現在就坐在九張椅子上。那些讚美創世、述說故事、在搖籃邊哄我們祖先入睡的字詞，現在就在九個垂死男女的舌頭上。」[11]

其中一個男人說，當別的小孩被帶走時，他的母親把他藏了起來，他也因此成了「語言的傳承者」。這個男人接著轉向眾人：「我們就是歷史的終結，只剩下我們了。如果你們年輕人不學習這個語言，它就會死掉，這樣傳教士和美國政府就贏了。」一個年邁女人推著助行器靠近麥克風說：

　　　　　　　　　　　　我說，所以我存在

「失去的不只有文字，還有我們文化的最深層內在，它包含了我們的思想，以及看世界的方式。它太美了，是英語無法詮釋的。」[12]

如果說著一種說話者本身不被預想在其中的語言，又會怎麼樣呢？德裔猶太記者暨編輯庫爾特・圖霍爾斯基在一九二四年曾以筆名伊格納茲・伍洛貝爾（Ignaz Wrobel）寫過在巴黎和一名土耳其男子的相遇經過。這名土耳其男子能說一口流利的法語、英語和德語。他和這名男子聊得越久，「我就越不在意他說話的內容。最後，我驚訝地下巴幾乎掉下來。」圖霍爾斯基寫道。我曾經在哪裡聽過這種說話方式？他說的是什麼語言？圖霍爾斯基描述他說話的鼻音、吞掉尾音的方式，那種「懶得好好張口的不屑語氣」。最終，圖霍爾斯基恍然大悟，這個男人的德語是在土耳其軍隊當翻譯時學會的：

透過他的德語，彷彿透過一層紗看到教他這種愉快文法的那些人：身著高領外衣，帶著單眼眼鏡，面頰泛紅，胸口口袋裡放著必要的「後宮」地址，衣服綴滿德國、奧地利和土耳

其勳章，全是些華而不實的廢物。

這個**土耳其人**說的不是**隨便一種**德語，而是德國軍隊菁英的德語。荒謬、既可笑又可悲的是，他也學會了德國軍官們那種懶得好好發音的傲慢口氣：「叫那小土進來翻譯！」[13]

所以，軍官們說的是當他不在場時談論他的那種語氣，而他卻也說著**他們的**德語，流利且自信。

德語也是**我的**語言嗎？它也喜歡我？將我這樣的人包括進去？

要回答這個問題之前，我們必須承認，就今天德語使用者的狀況來看，德語並不包含他們的多重性、面向豐富性和複雜性，因此他們無法在說德語的同時也傳達**他們的**觀點。

以「Fremde」①這個字為例，德語母語者可以用這個字來指其他德語母語者，雖然其他德語母語者並不是外國人，雖然很可能沒有任何其他語言比

---

① 譯注：德語中指「外國人」或「陌生人」。

德語更能給他們「家」的感覺了。

我們這些「外來者」成長於一個不把我們當成母語者的語言裡，這個語言裡不會出現我們的觀點，只會有他們對我們的觀點。他們將我們分類，做記號，剔除。

非裔美國作家詹姆斯·鮑德溫（James Baldwin）於一九四八年前往巴黎進行「自我放逐」，因為不想繼續在他的家鄉美國被視為「黑人作家」。[14]他在很多文章談到這個議題：「你要怎麼在一種語言環境中閱讀說話，但這個社會卻將語言使用者縮減至他們存在的一個面向？這是羞辱人且去人性的。」英語是鮑德溫的母語，然而卻不是能讓他「存在」其中的語言：

> 我和英語的問題在於，它並沒有反映我的經驗。但是，現在我開始以全然不同的方式看待這件事。如果這個語言不是我的，有可能問題在它，但也可能在我。這個語言之所以不是我的，也許是因為我從來沒有嘗試去使用它，而只是學習去模仿它。倘若如此，它也許可以

承載我的負擔，只要我有耐力挑戰它，讓自己
接受這樣的考驗。[15]

鮑德溫將英語化為自身經驗。他大膽去編纂
它，不是以賓客的角色，而是以主人的身分。所
以，如果德語這個語言不是我的，**也**是我的錯。不
是去乞求它給我們位置，而是我們要為自己創造位
置。我們應該停止等待我們終於能做自己的時刻，
而是簡單乾脆地開始去做。

只不過，我想不出還有哪個「簡單」比它更困
難的了。

政治的缺口

我開始看見的是……是經驗形塑了一個
語言，是語言控制了一種經驗。
——詹姆斯・鮑德溫

然而，它永遠不會是我的，這個語言，
我注定要說的唯一語言，只要我在生前
和死後有可能說話的話；你瞧，這個語
言永遠不會是我的。而且，老實說，它
過去也從來不是我的。
——雅克・德希達（Jacques Derrida）

在語言和世界之間存在著缺口。並非所有的事物都能變成語言，並非發生的一切都能在語言中找到表達方式。並非所有在這個語言中的母語者都能「存在」，這不是因為他對語言的掌控不夠，而是語言本身就有其不足之處。

透過觀看奇怪的符號，這個符號再形成單字，接著組成句子，然後我們可以瞬間墜入其他的世界裡；肉體仍在椅子上、床上、火車上，精神上卻在可能根本不存在的地方、在陌生人的生活及腦海中，和他們一起哭一起笑。很特別對吧？這就是語言的力量。然而，這個語言同樣可能會令我們說不出話，因為它沒有字句能表達我們的經驗。這些經驗往往無法被他人理解，甚至可能無法被有相同經驗的人理解。

英國哲學家米蘭達・弗里克（Miranda Fricker）以性騷擾為例，說明如果我們無法明示我們經歷的折磨可能會導致何種後果。一九六〇年代，「性騷擾」這個詞在美國尚未普及，當時對於這個詞彙所描述的狀況不存在於社會共識。以職場為例，這經常被視為調情，甚至還被當作是種讚

美：做出騷擾行為的上司不覺得自己不對，他因為社會理解的缺乏而占便宜；而遭受騷擾的員工既無法明示這個事件，也無法採取任何措施以在未來保護自己。他們的經驗不存在。直到這個詞彙變得較為普及，大家對性騷擾也有了更多的了解，這個問題才為社會所正視。[1]

這種「語言學缺口」留下的無力感很是顯著：受害者無法以言語表達問題，加害者不覺得做錯事。於是不公義無法化成語言，沒有足夠多的人察覺這個不公義，大家依然無言且無能，結果就是他們遭遇的事實持續被他人無視。

一九六三年，美國作家貝蒂‧傅瑞丹（Betty Friedan）的著作《女性的奧祕》（*The Feminine Mystique*）[2]首度出版時，美國的婦女雜誌（和德國一樣）仍然由男人執筆，他們描述並決定女人應該如何生活、應該感受什麼。男人主導主題為「女人」的學術觀點，論述她們的心理、**歇斯底里**、天性、能力、弱點和使命。簡言之，他們認為**好的**美國郊區白人女人的公眾形象是：在母親和家庭主婦的角色中獲得完全滿足，而且享受她的**完美生活**。

傅瑞丹在她的書中抨擊這種婦女形象，不僅是出自抽象的觀察，也出於她對自身作為母親、妻子和受雇者的不適感的驅使。為了探討這種不適感背後的結構，她採訪了兩百位女性並得出這樣的結論：她和這些白人女性在郊區過的生活存在著「根本上的錯誤」。[3]她寫道：「我們作為女人的真實生活和我們試著去符合我稱之為『女性的奧祕』的形象，這兩者之間存在著奇特的差異」。[4]

　　然而，在她能夠闡述這個差異之前，正是以下觀察讓她看到個別女性所謂的個人、獨特不快樂的結構與模式：

　　　一九五九年四月的一個早晨，在距離紐約十五英里遠的郊區，一位四個孩子的母親和其他四位母親喝著咖啡，我聽到她以絕望的口氣說著『問題』。她不需明說，其他人就明白她指的不是和丈夫、孩子或家庭有關的問題。一時間，她們突然了解她們全都有著相同的問題，**沒有名字的問題**……不久，當她們從幼兒園接小孩回家睡午覺之後，其中兩個女人哭了

起來，如釋重負般，因為她們知道自己並不孤單。[5]

為什麼這些女人的問題沒有名字？澳洲女性主義學者戴爾·史班德（Dale Spender）認為，「標示事物、歸類結果、賦予生活意義，這些不只是男人的領域，也是他們權力的一個基本特色。」[6]誰來解讀這個世界？誰來描述？誰被描述？誰來標示？誰被標示？

✦

當我們將個人觀點絕對化，
我們就是在尋找語言上的他人支配權。
——羅伯特·哈柏克（Robert Habeck）

想像一下，一個西班牙人的船在前往墨西哥的海上偏離航行軌道，在漢堡港拋錨。他認為他發現了漢堡。想像一下，這個「發現漢堡」的時刻不只進入他個人的歷史，也進入世界歷史。彷彿在進入這個場景之前，那裡什麼也沒有，沒有歷史、沒有

生命、沒有傳統。想像一下，由於這個「發現」，漢堡的人民不僅慘遭大規模屠殺，財物被掠奪，從此還不情願地被叫做「墨西哥人」。[7]

這將構成死守著無知、暴力、謀殺、殖民統治觀點的堅持。如果我們為稱美國原住民為「印地安人」或為「黑鬼」的說法辯護，那我們便是延續著殖民者、蓄奴者的去人性化觀點。

如其所願地稱呼他人不是禮貌問題，也不是政治正確或進步行為的象徵，它就只是一個合宜得體的問題。我拒絕稱呼他人不願被稱呼的名字，拒絕壓制他們的觀點，而是給予空間。

這個世界上有許多觀點，就像人一樣多。每個觀點都侷限於自己，所有人都有偏見，並且受限於自身經驗。如果特定觀點（如白種歐洲人或北美人的觀點）凌駕於其他人之上；如果他們狹隘的觀點宣稱有主導權，宣稱具有普世價值，並且客觀又中立，那麼其他觀點及經驗便會失去他們的有效宣稱，彷彿它們不存在一般。[8]

然而，每當主流觀點及其對普世價值的主張遭到質疑及挑戰，就會引起軒然大波。「男性說教」

（mansplaining）、「男性開腿」（manspreading）或「老白男」（gammon）等字眼遭到反抗，是因為它們翻轉了觀點：被規範者描述規範者，這不僅揭示了自以為中立的態度可以多麼具體與壓迫，也闡明了歸屬原則本身。所以老白男也許是有史以來第一次被泛指為一種類型：享有特權、不容質疑他的特權、拒絕女性主義及反種族歧視立場。

這種質疑並非一夕生成，而是醞釀多年的結果，它隱藏在嘲諷、笑話與笑聲中。二〇一三年，演員賽斯・麥克法蘭（Seth MacFarlane）主持奧斯卡頒獎典禮。他宣布該年五位最佳女主角入圍者，等到觀眾的掌聲靜止下來後，他繼續說：「恭喜，你們五位女士以後不用再假裝被哈維・溫斯坦（Harvey Weinstein）吸引了。」[9]四年後的二〇一七年十月，更廣泛的大眾開始了解這個笑話：#MeToo運動[10]讓女性之前被隱藏的暴力經驗曝了光。

網路讓新觀點從沉默中浮現，不再需要像傅瑞丹於一九六三年必須採訪數百人，網路創造了數位談話領域，讓數百萬潛在網友於其中分享自己過去被漠視及忽略的經驗。二〇一三年九月，幾千名推

特用戶以「＃凝視」（#SchauHin）公開他們在日常生活中遭受種族歧視的經驗。那並不是難民的住屋被焚燒，也不是極右派的恐怖行動，而是在日常生活、校園、工作中、大眾交通工具上，或是在找房子時遭遇到的種族歧視。這是德國幾千人日常生活中發生的事件。

這些事件發生得如此頻繁且如此隨興，以至於那些經歷過這些事件的人也學會將它們正常化了。

難民局工作人員稱阿富汗難民為「塔利班流氓」。＃凝視（@Emran_Feroz）[11]

奶奶在浴缸用力刷洗孫子，讓他變白一點。＃凝視（@AbrazoAlbatros）

面試時談的是榮譽處決和強迫婚姻，而不是這個職位需要的資格條件。＃凝視（@NeseTuefekciler）

老師對一個上課愛講話的土耳其裔女同學說：「在這個國家妳是客人，請妳守規矩。」＃凝視（@Janine_Wissler）

當我（非洲德國混血）小時候在我的白人

母親旁邊時，曾有人問我被領養是什麼感覺，還有為什麼我叫她「媽媽」。#凝視（@afia_hajar）

你的中學校長推薦所有獲優等成績的畢業生申請大學獎學金，除了你（成績最優）以外。#凝視（@Elifelee）

冬天。一個朋友想借用一下我的手套。老師說：「不行，她自己需要，這裡比非洲還冷。」#凝視（@Nisalahe）

我十一歲時說：「以後我想升學上中學。」老師笑得最大聲。#移民背景#我辦到了#凝視（@Poethix）

我的祖父母逃到德國之後就不說母語了，因為他們被罵。#凝視（@miimaaa）

三個超市的結帳櫃台都開著，其中兩個櫃台大排長龍，另一個幾乎沒人，因為一個戴頭巾的女人在那裡工作。#凝視（@kevusch）

你的大學校長說，土耳其移民的小孩智商比較低。#凝視（@sir_jag）

老師說：「妳的女兒應該送去特殊學校，

她有語言障礙。」她六月時和妹妹一起高分通過高中畢業會考。#凝視（@Emran_Feroz）

那個平常和我講德語的人在得知我是土耳其人之後，現在只‧會‧慢‧慢‧說。#凝視（@hakantee）

#凝視引發了一場關於日常種族歧視的廣泛媒體討論。[12]它一再提供機會[13]，讓日常種族歧視變得有意義且能被理解，不需要我們通常需要的那種特殊理由來關注社會的這一層面，例如燒毀房屋和死亡人數，而是**就是如此**，因為日常生活就是充分的理由。

眾多經驗清楚表明它們不是單一個案，也不能歸因於個人的過度敏感，而是社會的結構性問題。透過為不公義行為命名，我們給予它空間，讓它易於理解，經驗就不再無名、無法形容。當個人在#aufschrei（呼喊）、#metoo、#SchauHin或#metwo活動裡證實其他個人的經驗，社會觀感就會產生變化。過去只有當事人看得見的事物，現在局外人也看見了：種族歧視、性別歧視。就在日常生活中。

每一天。在德國無所不在。[14]

　　一位製作＃凝視電視報導的節目編輯告訴我，當他在街上採訪路人，詢問他們在生活中遭逢種族歧視的經驗時，幾乎所有人都不以為然。他們說自己從來沒有碰過這種事。但是幾分鐘之後，許多人掉頭回來，因為他們想到了些什麼。然後還有別的東西。然後又有一些。然後，又有一些。

> 一個不動的人不會知道身上有枷鎖。
> ──羅莎·盧森堡（Rosa Luxemburg）

　　為什麼我們社會中某些特定族群的經驗和觀點無法或者必須經過漫長抗爭之後，才能找到進入主流語言的路？誰有權為經驗、情況、事件、人和人群命名？

　　我們可以將語言想像成一個對我們展示外面世界的巨大博物館。你可以在這個博物館停留數週、數月、數年，甚至一輩子。你在那裡待得越久，你理解的東西就越多。你可以沉浸在你從來沒有體驗

　　　　　　　　　　　　我說，所以我存在

過的世界，一切都整齊分類，名稱和定義一目了然。你能找到各大洲的物品、生物、植物，還有概念和理論、思想和感覺、幻想和夢想。有早已不復存在的事物，也有具有高度話題性的事物。

這個博物館裡有兩種人：**有名者（標籤者）**和**無名者（無標籤者）**。

無名者的存在不容置疑。他們是標準，是規範，是尺度。

他們自由自在地遊走於語言博物館裡，因為語言博物館就是為他們這類人量身打造，它以他們的觀點展現世界。這並非巧合，因為博物館的展覽正是由他們一手策劃，他們決定什麼該展出，什麼不該。他們為事物命名，為它們分配定義。他們是無名者，但是他們卻掌握命名（貼標籤）的權利，他們同時也是命名者。

是的，語言博物館為我們打開了世界的大門，但是它絕對不是完整包含其完整性和多樣性，它只是抓住命名者按自己的感官和經驗所理解的東西，如此而已。

其他無名者察覺不到這種侷限，他們甚至渾然

不覺自己的世界觀由他人操控。他們穿梭於語言博物館的自在輕鬆，只有當我們觀察第二種人（即有名者）時才會明顯可見。有名者首先就是在某種程度上和命名者標準不同的人。在無名者的世界中，這些有名者是不被預見的異類。他們奇怪、不同，有時候不平常、也不熟悉。他們是惱人的，不是**理所當然的**。

　　無名者想要理解有名者，但不是作為個人，而是作為集體來理解。他們分析有名者，檢視他們，將他們分類，將他們編目，最後給他們一個集體名稱與一個定義，這個定義將他們簡化為無名者認為值得注意的顯著特徵和品質。這就是個人成為有名者，並且被去人性化的時刻。

　　這些被命名的人現在不再是個人，而是生活在被命名者仔細分類的玻璃籠子裡，上面標有他們的集體名稱。我們透過無名者的眼光看待他們，他們是無臉的存在，是集體的一部分，他們的一言一行都歸因於這個集體。他們沒有被賦予個性，這對於觀察他們的無名者來說似乎很正常，雖然個性對無名者而言是自我存在的基礎。

　　　　　　　　　　　　　我說，所以我存在

二〇一五年三月，一架德國之翼航空（Germanwings）客機在法國的阿爾卑斯山區墜毀，機上一百五十人全數罹難。調查結果顯示，副駕駛將機長鎖在駕駛艙門外，蓄意使飛機墜落。犯案者有自殺傾向且罹患憂鬱症。

二〇一九年七月，一名男子在法蘭克福中央車站將一對母子推下月台，八歲的兒子當場遭火車輾斃，母親倖存。犯案者也是一名精神疾病患者。

然而，其中一個犯案者是德國白人男子，另一個犯案者是住在瑞士的厄利垂亞黑人男子。在這些可怕事件之後的幾天發生了什麼事？誰的背景和膚色會被議論？誰的心理疾病會被研究？誰是獨立的個體？誰是一個類別的代表？

就在法蘭克福謀殺事件的隔天，一名年長的白人婦女在月台上與反種族主義培訓師莎拉·希佛拉（Sarah Shiferaw）攀談。兩人和氣地閒聊，直到那名婦女指著一個黑人男子說：「您看看，他也好黑。」接著談到自己的恐懼。於是希佛拉與她聊

起自己家中的黑人男性，然後問她：「您覺得他們的感覺如何？您覺得他（月台上的男子）的感覺如何？……他們得忍受周圍的人把他們當凶手看，只因為某個人在德國某個地方犯下可怕的罪行。」[15]

✦

我們又是那些將昨天已經被忽略或發現的定義
教給歷史漂白者的人。
——梅·阿伊姆（May Ayim）

當人們向你展示他們是誰時，相信他們。
——瑪雅·安吉羅（Maya Angelou）

　　有時候，無名者在語言博物館裡走動時，會碰見那些似乎和他們集體名稱標示不符的有名者，例如戴頭巾的龐克女子或黑皮膚的芭蕾舞者。這些**異類**衝撞籠子的牆，在玻璃上撞得鮮血淋漓。他們明白自己被困在牢籠的事實，揚言要離開籠子，要在博物館內自由走動，沒有定義、不受檢視地和無名者融合在一起。

　　　　　　　　　　　　　　　　　我說，所以我存在

這個威脅引發巨大的憤怒、挑釁和暴動，有名者因而退縮了。他們害怕地回到玻璃籠子裡，在那裡嚴格地按照被分配的集體名稱和定義來定位自己。我應該是誰？我應該怎麼樣？我應該是什麼？他們只敢小心翼翼地移動，和玻璃牆面保持距離，玻璃牆就是定義他們的框架，直到他們最終成為他們自己的漫畫人物，成為刻板印象。

　　但是一些有名者卻不為所動。他們承受騷動、憤怒、憤慨和暴力，堅定不懈地衝撞玻璃，撞出裂縫，最後從裂縫中擠入，進入自由。他們拒絕接受這些牆作為他們存在的限制。然而，當他們撞開玻璃呼吸了片刻的自由，命名者的審查就開始了。命名者脫光他們的衣服，他們轉身再轉身，重新接受檢查。他們忍受這一切，因為他們希望最終能自由。他們想逃脫他們的定義，他們想暢所欲言。

　　然而，他們卻遭到一連串的提問刁難：他們的膚色、頭髮的結構、體能、衣著、頭巾、性器官和性喜好。命名者以各種問題來質疑他們的智力、理性和人性。

　　自由的鑰匙是自由地說話。這把鑰匙開啟了籠

子的門，甚至有可能去質疑籠子和命名者，也就是質疑語言博物館的策劃者、他不容挑戰的觀點，甚至博物館本身的結構。因此，有名者只有在檢視期才可以說話，被審查時只能回答問題，其他一概不准。他們順從地配合，因為他們想解釋他們的**真實**情況，因為他們希望別人不再定義他們。他們耐心地嘗試讓自己被理解，可是別人提問的方式都讓每個答案能證實那些分類。

我就是被貼上標籤的有名者，一個被研究、被分析、被審查的人。人們在日常生活、會議中、研討會或訪談中總是驚訝地問，這些標籤是怎麼結合在一起的——伊斯蘭和女性主義、頭巾和解放運動、信仰和教育，只因為現有的類別不適用。多年來，我是忍受這些審查的人之一；而現在，我是勇於發聲的人之一，我們不因他人要求才開口，我們讓玻璃牆被看見，指出牆並終結他們的囚禁。我是敢於扭轉觀點、為博物館和命名者命名的人之一。

多年來，我一直相信我與刻板印象的鬥爭總有一天會成功，我只是暫時作為審查對象。然而，我不想再只是回應問題和指責，或是糾正錯誤。我要

說話，不是因為別人叫我說話，而是我自己要說。不是被理解，而是去理解。不是解釋我自己，而是了解構成我們和圍繞著我們的是什麼。

> 當他們說話時，那是科學的，
> 當我們說話時，那是不科學的，
> 普遍的／獨特的；
> 客觀的／主觀的；
> 中性的／個人的；
> 理性的／情感的；
> 公正的／偏袒的
> 他們有事實，我們有意見；
> 他們有知識，我們有經驗。
> ——格拉達・基隆巴（Grada Kilomba）

為了說明他們自己獨特的世界觀，命名者為它起了名字：普遍、中性、理性、客觀。他們對事物的觀點有著最強大的名字：知識。它不需要解釋自己的規範，同時卻逼迫所有和它背道而馳者提出解釋，這就是一種遍及許多社會群體的機制。「白人和男性隱含其中。」記者及女性主義者卡洛琳・克

里多‧佩雷斯（Caroline Criado Perez）寫道。他們就是標準。對於那些身分並非不言自明的人，對於那些需求與觀點經常被遺忘的人，對於那些習慣於衝撞世界，因為這個世界並非為他們及他們的需求所打造，這個事實無可避免。[16]

於是無名者的視角成了事物的準則，我們根本沒察覺自己正透過他們的眼睛看世界，甚至看我們自己。我們沒有意識到自己被他們的目光所困，而那目光告訴我們：我們不能「存在」。

這就是我們社會中被貼上「怪異」標籤的人所發生的一切。他們的個性、他們的獨特性、他們的臉、他們的人性被剝奪，這就是當人們被賦予外國人、猶太人、穆斯林、同性戀等集體名稱所發生的一切。

「別把你寫進世界之間，起身對抗繽紛多樣的涵義，相信淚痕並學習生活。」[17]這是保羅‧策蘭（Paul Celan）寫的一首詩的片段。他在法國用德語寫的，那是他母親的語言，也是謀殺他母親的凶手的語言。當我讀著這首詩，聽見的不只是一個詩人在結束生命前四年的警告，以及要讓自己活著的自

我告誡，我也在其中聽見一個人對存在的渴求，在語言中的存在，以及，無論有沒有語言的存在。

另一位詩人，一個土耳其移民，塞姆拉・埃爾坦（Semra Ertan）在一九八一年寫下這首詩：

我在這裡工作

我知道如何工作

德國人也知道

我的工作很辛苦

我的工作很骯髒

我不喜歡，我說

「如果你不喜歡你的工作，

回你的國家去。」他們說

我的工作很辛苦

我的工作很骯髒

我的薪資很低

我也繳稅，我說

我會一直這麼說

如果我得一直聽到

「你去找別的工作。」

但是錯不在德國人

也不在土耳其人

土耳其需要金錢

德國需要勞力

土耳其將我們送往歐洲

像是過繼的孩子

像是不需要的人

但是它需要金錢

它需要清靜

我的國家將我送往外國

我的名字是外國人。[18]

　　一年之後，一九八二年五月，塞姆拉·埃爾坦打電話到北德廣播電台（Norddeutschen Runkfunk）的一個現場節目。「我要自焚。你們要不要報導？」她問。[19]她解釋自己自殺的原因：「德國人最起碼不該把我們當狗看。我想被當成一個普通人看待！」[20]

　　她說到做到。種族歧視、排擠、暴力和拒絕驅使她在眾目睽睽下死去。年僅二十五歲。

她，外國人，實際上比這個名稱多得多，比這不同得多。

　　她，被命名的人，為了得到為自己命名的權利而奮戰。

獨特性是一種特權

獨 特性。
複雜性。

模糊性。

缺陷。

錯誤。

這些全是**特權**。

獨特性、複雜性、模糊性、缺陷和錯誤當然不是特權。它們是人的一部分，人少了它們就無法存在。然而它們卻沒有被授予那些偏離規範的人，這些「讓人成為人」的多樣性因而成了特權，尤其對那些被檢查、被命名、被囚禁在命名者的定義中的人而言是如此：猶太女性、黑人男性、身障女性、有移民背景的男性、穆斯林女性、難民、同性戀者、跨性別女性、客工。

他們全都被貼上集體標籤，被查看，彷彿要了解一個人可以不必花時間和他共處，不必以他特別的觀點來看事物，也不必知道他的矛盾、缺陷和錯誤。就算可以，你也不可能真正了解一個人。你能誠實地說你完全了解自己嗎？你能讓別人理解你的複雜性嗎？然而，這種莫測高深的東西卻沒有被授

予那些偏離規範者，他們的獨特性被剝奪，因此複雜性對他們而言成了一種特權。

二〇一九年初，一個讀者投書到一家德國報社。他在信中寫了一個謎語：

> 您試著猜猜我是誰！我的媒體曝光率比川普和他的推特、比艾爾多安和他的民主、比普丁和他的政治還要高。我是德國政府組閣失敗和歐洲右翼高張的主因。我是這個國家許多人民的巨大煩惱，因為我比老年貧窮、家庭虐待、環境汙染、毒品氾濫、氣候變遷、醫護人員和教師的缺乏更加危險。我是那個總是對別人的錯感到愧疚的人，但那些人我根本不認識。我是那個每當某處又發生某事時總是羞於和鄰居打招呼的人。每個單一個人的錯，我責無旁貸。媒體的每一則報導都令我飽受威脅。

在這封信的結尾處，投書者薇達・古馬（Vinda Gouma），一個來自敘利亞的律師，公布了謎底：「我是難民！……而且是所有的難民！」[1]

我們社會中的許多人可以在街上穿梭、自在

地當自己，他們可以不友善、發脾氣、任意宣洩情緒，而不必因此被歸類為有著相似外貌或相同信仰的一個族群。

如果我，一個明顯的穆斯林，在馬路上闖紅燈，那麼十九億的穆斯林都跟著我一起闖紅燈，一個世界性的宗教和我一起漠視交通規則。什麼時候一個有移民背景的女性、一個男同性戀者、一個像薇達．古馬一樣的女性難民、一個跨性別女性、一個身障人士才有可能就只是做自己？要到什麼時候這些人說「我」才是真正在指「我」？什麼時候他們才會被當作一個「我」？「我在戰爭中失去朋友、親人，失去房子、工作、車子、我的過去和我的家鄉。」古馬寫道：「但是，有一樣失去的東西是我之後才察覺到的，就是我的獨特性，我將它遺留在歐洲邊境的橡皮艇上了。」[2]

我看到有移民背景的年輕黑人男子，他們特別努力表現友好、彬彬有禮，和善地微笑，說著沒有口音的德語，為的就是讓自己看起來人畜無害，或者，就只是想被當人看。

我看到戴著頭巾的年輕女子表現出幾近誇張的

禮貌、自由奔放，因為她們想證明自己並沒有受壓迫，而是聰明又友善，或者，就只是想被當人看。

他們是有名者，在無名者的注視下表現，以期被當作人理解。那種艱辛程度只有對比他們和自己人在一起，不再有被監視壓力的短暫時刻才能看出來。這時他們可以鬆一口氣，放下護身的盾牌，放鬆肩膀和臉部肌肉，揚起的眉毛和那種「我不危險」的神情才得以重回它們自然的位置。

某次演講結束，一個年輕的穆斯林女大學生來找我。她告訴我她參與的社會活動、抗爭、歧視，還有她的絕望。我看著她，真心希望能卸下她肩上「代表」的負擔。「你可以做你自己，不需要為自己說明、辯解。」我對她說。「你是自由的，你不需要做任何事去對別人證明一個穆斯林女子是什麼樣子或可以是什麼樣子。就是做你自己，帶著你的稜角。」在我說話時，我感覺到她的身體放鬆，肩膀不再緊繃，臉龐舒展開了。她成了焦點。她的眼眶盈滿淚水，那是解脫的淚水，也因為對自己日日背負的負擔有了新意識。當我們擁抱時，我覺得彷彿在擁抱我自己。

美國記者莎拉‧雅辛（Sara Yasin）在她的著作《穆斯林不需要「善良」來獲得人權》（*Muslims Shouldn't Have To Be "Good" To Be Granted Human Rights*）中描述她取下頭巾之後的經驗：

> 我記得當我不再戴頭巾之後的幾天，我穿梭在人群中，那種隱形的感覺令我飄然微醺。我外表的白皙帶給我輕盈感：世界對我友善了一些，對我無禮的人減少了，比較少人盯著我看，沒有人問我「真正」來自哪裡，或者稱讚我流利的英語。
>
> 被當作白人也意味著不再有人時不時質疑我的國籍。我不需要證明我是美國人，我就是美國人。不過，最大的區別是……我不需要無時無刻表現得和善可親……我現在被當作獨立個體了。我的每個失禮行為就只是我個人的失禮行為。但是，根本的問題在於：為什麼之前不是如此？[3]

穆斯林女子是西方世界最好奇的對象之一。這種好奇心理過去曾表現在後宮的情色畫中，這些畫

作傳達了畫家的世界觀和目光，多於他們所曲解誤導的那個世界。[4]這種好奇、這種迷戀、這種殖民地觀點在今天依然持續著。我們想知道並了解這些「穆斯林女子」是誰。她們在科學中、在文學中、在藝術中、在新聞中被審視、被分類，好像她們是展示給人類看的動物物種，彷彿這個穆斯林女性物種的每個樣品都相同，無論年輕、年老、酷兒、白人、黑人、有色人種、身障與否、難民、客工、學者。她們的聲音和能見度都被剝奪了。

我是穆斯林女子，一個他人試著去理解的人，以便將對我的理解套用在所有其他穆斯林女子身上。多年來，我允許別人檢視我，期望自己能**對抗偏見**並**打破刻板印象**。然而，正如許多在我之前或之後被檢視的人，我並沒有得到任何自由，只是覺得自己住在一個稍微大一點的籠子裡。只有當我們不必再回答有關穆斯林女子的問題，被允許可以矛盾、多面貌且不被理解的時候，我們才能得到我們的人性和自由。

當今關於檢視穆斯林女子的論述普遍得出這樣的結論：她被允許存在於兩種籠子裡。第一種：她

我說，所以我存在

是受害者，因此她本身不危險，而是受到危險的威脅，例如基於伊斯蘭的父權，有必要保護她免受其他邪惡穆斯林男子的威脅。另一種：她本身就構成威脅，或者預示一種更大的威脅，因為她促成了父權與伊斯蘭化。

　　全世界的穆斯林女子都在對抗這種邏輯。其中很多人似乎成功了，例如在時尚、運動、文化、課學、商業和政治方面，但是除非她們的新角色摒棄集體身分的舊思維，否則她們就只是不斷製造新的籠子。也許有天會有二十或一百個穆斯林女子的類別，這也許足以讓她們不再察覺自己仍是籠中鳥；也許她們會被推崇為「特例」，並且和她們類別中的其他人區隔開來，這樣權力結構便能不受干擾地維持下去。儘管如此，每當一個不同於所有其他被檢視的穆斯林女子站上受人矚目的舞台，觀眾就會不安地竊竊私語，直到他們找到能讓無名者理解她們存在的新的類別或新詞彙。是的，我們理解「妳」，自由的、怪異的、工作的，逃難的、保守的、東正教的、黑人的、白人的、現代的、受高等教育的、傳統的穆斯林。

多年來不斷有人請我寫關於穆斯林女子的書和文章，或是關於在德國的年輕穆斯林女子、現代穆斯林女子、女性主義穆斯林女子。這些年我從未能清楚解釋我在這個角色中的不適感，我感到窒息，但是不知道為什麼。直到後來我才明白，無論我的意圖多好，每本我為非穆斯林大眾寫的關於穆斯林女子的書籍都不會帶來啟示和自由，只會繼續顯現書中描述的那些禁錮。

　　因此，如果我非得要寫穆斯林女子，那我只會寫一樣東西，就是我必須寫下囚住她和所有其他有名者的籠子牆壁。沒有指出那些想控制我們存在的父權、性別歧視、種族歧視和所有其他試圖規範我們互動共存的權力結構，是不可能描寫這個穆斯林女子的。

　　卡特琳⋯⋯想要存在於她所有的複雜性中：

　　作為一個生氣的人、一個安靜的人、

　　一個強悍的人、一個脆弱的人；

　　作為一個開心的人、一個悲傷的人；

作為一個知道答案的人，一個一無所知的人……

而我們應該給予這種複雜性空間，

讓它展現自己。

——格拉達·基隆巴

　　刻板印象有如一件盔甲，但是它保護的不是穿著它的人，而是局外者的無知。刻板印象是無知的盔甲，它很重，是穿著者的沉重負擔，並且在人性脆弱的時刻將他們擊潰。

　　我看著自己逐漸成形的刻板印象：戴頭巾女子、投入行動的穆斯林、開明的穆斯林、女性主義的穆斯林、異類。我看到我的前輩們必須穿戴的盔甲，以及她們試圖打破盔甲所留下的痕跡。我蒐集了她們的情感，聽到她們的呼喊和歌聲依然在盔甲下迴盪。移民婦女、客工和不曾聽過的證人，他們的話語叫做「沉默」，但她們從不沉默，她們只是說著不同的語言。

　　我的祖母在七十歲還在學習讀寫，她說的話別人聽不懂，她的幽默、聰慧和敏銳的觀察力，別人全都看不見。人們看著她，卻也看不見她，也看

不見她的女性朋友，那些女人的稜角讓她們更為可親，她們是見過貧窮、苦難、死亡和深淵，體驗過疏離冷漠和社會殘酷的女人，她們是為了存在相互支持的女人。

她們的女兒說著「正確的」語言，但是她們的話無人理會。她們的聲音太小，距離主流社會發生的事情太遠。對於那些無法超越自己的視野界線，甚至根本不承認有界限的人而言，她們的話聽起來毫不相關，所以她們繼續被困在無知的盔甲中，彷彿她們從未說過話。

她們從小便是在這樣的魔咒中長大，她們必須付出別人雙倍的努力才能成功。她們從小被教導要低調安靜地在不公平和反抗中穿過，不提出要求。畢竟她們一直都是客人的女兒，來自那些坐在行李箱上、得靠孩子們翻譯溝通的客工家庭。

而今，我環顧四周看著我這一代人。我們不想付出別人雙倍的努力來獲得相同的成功，我們要正義，我們要成為一個說話也會被聽見的世代。縱使如此，我們這一代人依然沉默，可怕的死寂。

因為只要我們是被召集起來，說著預設好的主

我說，所以我存在

題，我們就不會真正被聽見，我們依然受著審視，仍穿著盔甲。

一個戴著頭巾、從小積極參與政治活動的年輕女子能否在一個主題為青少年與政治的電視脫口秀中發言？不行，一個脫口秀製作人朋友告訴我，我原本受邀參加這個節目，後來被取消。理由是什麼？主持人說：「我們不可能讓一個戴頭巾的女人坐在這裡，而不讓她談頭巾。」

如果我們只是一篇文章裡的兩句短語，一場辯論裡的小配角，被貼上「外國人」的標籤，而別人透過扭曲、變色的鏡片看我們，那麼我們真的算是說話嗎？如果我們只能就預設好的主題表達意見，那我們在狹窄的界線內真的能說話嗎？

我在某個時刻再也無法壓抑我那「雄辯的沉默」，並開始疑惑自己出現在伊斯蘭相關主題的談話節目中是否正確。有人告訴我，我的努力發揮了很大的作用，例如因為我的關係，現在很多人知道不是所有戴頭巾的女人都像常人以為的那樣沒有發言權且受到壓迫。我回答，他們之所以明白這件事不是因為我告訴他們，而是我「說」了這個事實，

是我說的這個事實打開了他們的眼睛。我也可以只是聊聊瓢蟲繁殖或未來幾天的天氣預報。對他們而言，關鍵且新鮮的點在於他們看見一個說著話的穆斯林女子。

如今回想起來，我認為我說的話也不是毫不相關。假如我真的說了瓢蟲繁殖或天氣預報的內容，至少表示我不是以被檢視者的身分發言，而是自由地說著話。

如果我們是物品，我們等於沒說話。如果談話主題是預設的，我們等於沒說話。如果我們要代表一個族群說話，我們等於沒說話。

我們沒有發言權。

一旦我們學了言詞，

我們就會發現自己置身於言詞之外。

——希拉·羅伯特姆（Sheila Rowbotham）

「庫布拉，如果妳還要抱怨妳沒有發言權，那我也不知道該說什麼。」幾年前，一個朋友如此對

我說。偏偏是我這個能透過推特、臉書、部落格、訪問、談話節目、研討會等許多平台發聲的人抱怨沒有發言權？[5]但是，如果人們只是看見一個「雖然」戴著頭巾，卻還是能做什麼或說什麼的人，那麼這些特權都毫無價值。這個人在他們眼中不過是個有趣的例外，一個娛樂消遣用的奇特物品。

　　穆斯林女子就是如此被貶低到只剩下頭上這塊布，她們甚至被稱作「戴頭巾者」。她們的整個人性與經驗世界被如此簡化，彷彿一輩子作為某種宗教及其所有相關事物的行走資訊欄柱，這實在令人難以忍受，但是在社會裡確實有許多穆斯林女子是這麼生活的。我經常收到穆斯林女子的私訊，尤其是年輕穆斯林女子，她們向我敘述她們的經驗。其中一位寫道：「大家幾乎不把我當人看。他們把我當作宗教，一種無法接近的宗教。我很難過，但我不知道該怎麼辦。」她們不被視為人，而是被看作她們宗教的發言人。人們介紹她們時會連同她們的宗教一起介紹，直到最後她們也開始這麼介紹自己，因為她們被檢視太久，已經失去獨特性、模糊性和複雜性的意識，而被其他人的觀點同化。

或許你也好奇我為什麼戴頭巾，就如同那些在聽過我關於女性主義、人工智慧、網路文化或政治藝術的演講之後來找我的人。我可以解釋給你聽，[6]但是我的答案可能無法滿足你，因為你並不是想聽我給出的理由，而是想要「真正地理解」。然而，沒有人能夠每天持續解釋自己複雜的存在，包含所有背景、動機、變化的情緒、高低起伏，有時候甚至連他自己都弄不明白這一切，至少在不摒棄他的人性的情況下是辦不到的。

對此，詩人安雅‧沙雷（Anja Saleh）有一次對我說：

> 人不可能理解一切。我也不理解為什麼有人要去登山。我也不必非要理解不可。我相信這正是藝術所在：不要強迫人們將事情變得容易理解，以便他們能將它轉移到自己身上。如果有人想理解我為什麼要戴頭巾，我就會想：這背後有太多因素了，你不可能說理解就理解，因為那是一個過程，背後是一種生活。你怎麼可能理解？

你試試看讓另一個人理解你：你的整個人，你的矛盾，你的成長，你的恐懼，你的希望，你的想望。然後你再想像一下，你必須持續不間斷地這麼做，天天如此。

　　這是羞辱。耗盡。剝奪。

　　也許你是一個信仰虔誠的人，那麼你會懂那種感覺：你要讓一個排斥任何神靈的人理解你的想法，這無異是天方夜譚。

　　我記得我十幾歲時第一次看關於伊斯蘭的談話節目。每當伊斯蘭教長（伊瑪目）出現，我總是會別過頭去，因為我無法眼睜睜看著一個在伊斯蘭社群裡備受尊崇的人竟然被當眾展示、嘲弄、羞辱。這些節目的語言是世俗的語言，所以他們嘲笑教長帶有宗教色彩的語言。這些節目的內容不是神學，所以教長的神學論點被訕笑。這些節目的目的是製造爭議，不是達成共識，所以他們輕蔑地回應教長想糾正大家對伊斯蘭的誤解的天真想法。

　　若干年以後，換我坐在台上體驗其他人在我之

前所經歷的一切，直到發生了以下這件事情：我受邀參加右翼民粹主義和社會寬容相關主題的小組討論會，同時受邀在場的還有一位社會學教授和一位德國福音派理事會主席。這次討論會有些不同以往之處：當教授和我使用學術的、世俗的語言時，理事會主席會使用諸如「慈悲」和「垂憐」之類的字詞。這是我第一次在這種場合聽到有人說宗教語言而沒有人嘲笑。

我大為不解。我，一個根據衣著就能輕易被歸類為某個宗教團體的人，對於使用宗教語言尚如此躊躇遲疑，他卻能輕易地將它脫口而出。當然，理事會主席不同於我，他是一名宗教工作者。但是我是否也可以使用宗教術語並從宗教的角度進行辯論，而不會有人質疑我在這個社會的族群身分、我的理性思考能力與我的智力呢？我不這麼認為。

這次經歷讓我看到社會對於宗教與宗教語言的不同處理方式。我問了自己一個可能會影響所有信徒的問題：世俗語言對我們的靈性會造成什麼影響？它又對我產生了什麼影響？

我最初是以土耳其語學習我的宗教，以這個語言、這個語言與感知相連的詞彙來學習，而這些詞彙是德語中沒有的。我用土耳其語對神禱告，用土耳其語哭泣，我相信這個語言。但是在二〇〇一年九月十一日之後，當時我剛滿十三歲，我被迫尋找德語詞彙來表達這些信仰、禱告、想法，因為其他講德語的人開始攻擊我的信仰、問我問題，我得為自己辯護。

　　當一個人的內在最深處被拖進公眾領域，而他人自認有權審查、任意翻轉它並對它下評論，那麼這個人會以一種奇特的方式受傷。人從來不必為他的情感找到言語，因為這些情感就是他個人的一部分，而且因為祈禱很少會被大聲說出口，而是在心中感受與思考，所以這些情感並非為言語而生。它們是懷有信仰的內心中柔弱的一部分，脆弱而珍貴，私密而個人。

　　神與信仰者之間不應該有任何人存在，但是這裡卻有其他人的觀點因為好奇與貪婪闖入了。

因此，我想知道當一個人必須不斷合理化、解釋並捍衛自己的靈性時，他如何能夠保持靈性？過去幾年裡，我看到我的許多女性朋友摘下頭巾，如同她們其中一些人在長時間的交談中告訴我的，她們渴望信仰，然而作為這個信仰明顯可見的代表，她們幾乎沒有空間餘地。[7]信仰者需要平靜和閒暇來感受愛，但是當他們被迫一步步使用與信仰格格不入的語言來解釋無法解釋的事物時，她們就失去了愛。正如猶太宗教哲學家馬丁・布伯所寫：「神與人之間相互關係的存在是無法證明的，就像神的存在也是無法證明的。」[8]

　　此外，它不是與個人好奇心有關，而是關於社會的期望。我們對於問題的答案必須令人滿意，否則我們的權利就會被削減。

　　如果我們必須赤身裸體才能讓他人理解我們，這對我們有什麼影響？如果我們赤身裸體，然後透過別人的眼睛看我們自己呢？我們是不是就會不認識自己了？

　　這就好像你必須對一個不識愛為何物的人解釋你為什麼要和你的伴侶共度人生。你將你的愛合

理化，強加一種語言和思維模式，希望對方能夠理解，在經過無數次嘗試解釋失敗之後，你最後聽到自己嘆息說：「我和我的伴侶在一起是因為他提供我經濟保障。」

　　就這樣，你的語言遠離了你的情感，你的語言和你的存在分道揚鑣。而你，被囚禁在語言與存在之間。

無用的知識

我覺得沒必要知道我究竟是誰。
在生活和工作中最重要的是成為和你最
初不同的那個人。
——傅柯（Michel Foucault）

美國認知心理學家約翰‧巴吉（John A. Bargh）在他的著作《為什麼我們會這麼想、那樣做？》（*Before you know it*）中，探討各種因素和影響如何微妙地形塑我們的思想和行為，例如社會認同如何影響人的行動與成就？一個人的社會分類可以怎麼影響他的行為？

書中提到心理學家納里妮‧安巴迪（Nalini Ambady）和施華維（Margaret Shih）研究了兩個在美國普遍的文化刻板印象所帶來的影響：女孩學不好數學、亞洲人的數學好。

那麼亞裔美國女孩呢？

安巴迪和施華維以符合年齡的數學測驗檢視五歲的美國亞裔女孩的表現。她們將女孩們分為三組，在測驗開始之前，她們先拿圖片給女孩們著色。第一組的女孩拿到兩個亞洲小孩用筷子吃飯的圖片，第二組的女孩拿到一個抱著娃娃的女孩的圖片，第三組的女孩拿到一張自然風景的圖片。測驗結果顯示，第一組女孩的成績高於平均，第二組女孩的成績低於平均，第三組女孩則獲得平均成績。

巴吉描述了兩位心理學家發表測驗結果時群

眾的驚訝之情，這不僅顯現了文化刻板印象如何影響表現，也證明小孩在學齡前就會獲得這種刻板印象。玩具、電視節目、音樂、娛樂、和成人之間的日常互動，以及我們的語言，這些都會對早期的刻板印象產生影響，從而影響自我形象，進而影響一個人的行為與表現。因此它們所塑造的這些形象深植在我們的腦海中，甚至早在我們意識到之前。我們的自我感知形塑自其他人對我們扭曲的認知，並且定義了我們可能性的地平線——自我的界線。[1]

　　人們在社會中展現哪些形象和刻板印象？你的小孩應該知道什麼？他們應該如何回答問題？他們必須具備什麼樣的知識才得以擁有「自我」？

　　他們必須解釋為什麼他們的眼睛長這樣？他們必須解釋他們頭髮的質地和顏色？他們必須解釋他們的膚色？為什麼他們的父母這樣打扮或是他們相愛的方式為何？

　　許多小孩不需要這麼做。如果他們的膚色是奶白色，亦即所謂的**肉色**，那一切便「不言自明」

了。如果他們的眼睛是圓的，符合白人的標準，這些小孩就不需要解釋他們父母的關係和性生活，他們不需要知道他們的父母、祖父母、曾祖父母和高祖父母在哪裡出生，以及他們為什麼不回去那裡。他們不需要解釋為什麼他們不在其他地方，而是在這裡。

那些其他小孩，「其他人的」小孩，不符合這個標準。他們從小就要學習回答這些問題，而且他們在社會上的成功取決於他們的回答是否夠好且令人滿意，因此他們獲取必要的知識，好讓自己的回答臻至完美，隨著時間推移，他們的回答越來越具說服力，越來越壓抑，越來越羞辱。

他們獲得的這些知識形塑了他們，使他們變成有別於不必回答這些問題的人的另外一種人。如果別人在你小時候就不斷問你膚色的原因或頭髮的質地，你今天會成為什麼樣的人呢？如果你回答了所有的問題，別人卻還是不尊重你，你會成為什麼樣的人呢？對比之下，如果你不曾有過這些經驗，你會成為什麼樣的人呢？被問到「月亮為何是圓的」、「樹為什麼朝上生長」、「企鵝為什麼是鳥

類」的小孩長大後會成為什麼樣的大人？人們累積他們認為自己需要的知識，因為若不如此，別人就不會持續問他們問題了。雖然如此，這種知識不能算是知識，這是他們為了他們的「不同」而必須付出的代價。他們得不到認同，所以允許他們自己被審視、質問，允許他們的態度被檢驗。他們的知識是無用的知識。

我剛滿二十歲時，曾在倫敦進行暑期實習。那裡的人在認識我時所問的問題不同於我住在德國時的問題。譬如聊天時不會出現「妳為什麼戴頭巾」這種問題，而是問我主修什麼——我，庫布拉，喜歡什麼音樂、什麼電影。那些人是對我這個人感興趣，而不是對一個伊斯蘭代表感興趣，他們是對我而不是他們對我的預設感興趣。

那是一種解脫卻又迷惑的經驗。畢竟，在德國和非回教徒的陌生人閒聊之於我就等同是要檢視我的出身、我的信仰、我的理智、我的智力、我的家庭、我的心理、我的私生活。除此之外，我無法想像某個非回教徒會對我感興趣。我習慣以某種方式顯露自己，所以一時間不知道該如何談論自己。如

　　　　　　　　　　　我說，所以我存在

果我真的能當「自己」，那麼，我究竟是誰？我對什麼感興趣？

　　我不知道答案。我笨拙地跌入自由中，而且，全心全意享受著。

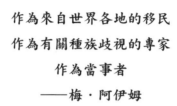

作為來自世界各地的移民
作為有關種族歧視的專家
作為當事者
——梅·阿伊姆

　　「有時候坐在那裡，我會想要回我的家鄉。」一個眼中噙著淚水的年輕敘利亞女子說。我受邀去演講，坐在一群來自德國各地的年輕女子之間。當中有幾個德國白人女子，其他一部分是幾年前逃來德國的難民，另一部分是生活在這裡的第二代或第三代移民。年輕的敘利亞女子講述了她三年前抵達德國之後歷經的德國學制，以及她為了念大學如何費盡心力考畢業會考。她歷經種種官僚的阻礙，但是「人」同樣是阻撓她前進的障礙。她的德文老師

對她說：「德國都不是人人能念大學了，憑什麼妳這個『難民女孩』就能念？」

接著，她敘述了別人問她的問題，關於伊斯蘭教，還有為什麼她雖然不戴頭巾，卻還是不吃豬肉、不喝酒。她越說，聲音變得越絕望。

另一個幾年前從阿富汗逃到德國的年輕女子說，她的老師覺得她很愚蠢，還恥笑她，因為她在齋戒月期間禁食。她描述了那場羞辱的對話，最後她只能回答：「您說的對。對，您說的對。」

最後，她說她的融合課程（Intergtaionskurs）班上有個男同學因為談論伊斯蘭而和老師吵架，隔天一名十六歲男孩在慕尼黑隨機殺了九個人。這名老師確信就是這個男同學幹的，她對班上同學說她要向警察舉報。全班群起抗議。之後的調查結果顯示凶手不是穆斯林，而是基督徒。老師又說，凶手一定心理不正常。「假如他就是我的同學，假如他是一個穆斯林難民，她還會說他心理不正常嗎？」那名年輕女子如此問大家。「只有歐洲人才有資格心理不正常嗎？看過流血事件、親眼看著父母、兄弟姊妹或孩子被謀殺的我們呢？為什麼『只有』我

們是恐怖份子，在我們國家和阿富汗殺人的美國軍隊就不是？他們殺的不是人嗎？我們是動物嗎？」

她的聲音在室內迴盪著，充滿窘迫的難堪。

她又說起她的堂兄弟姊妹，路邊的屍體對他們而言只是日常生活中的小事，她還說他的伯母在前往麵包店的路上被射死。

她的淚水同樣也快決堤。我看著這兩名年輕女子以及和她們一樣逃亡來此的難民朋友們，她們頂多十七、八歲，她們的生活和座談會中其他女子完全不同。後者可能開始大學生活，或者剛進入新的生活篇章，而這些逃離戰爭者則被迫面對世界政治、伊斯蘭教和移民辯論的衝突。這不是她們的決定，而我可以看見她們被迫成為她們不想成為的那種人。

她們令我回想起自己的少女時期和我的難民朋友們，雖然我並沒有經歷過戰爭，也不是逃難來的，但是她們令我想起自己是如何一步步歷經一次次的互動而接受我在這個社會中的既定角色。我不再是我，庫布拉。我也是穆斯林，所以必須回答非穆斯林拋出的任何關於伊斯蘭的問題：關於在伊拉

克和阿富汗的戰爭，關於恐怖主義，關於古蘭經裡的任何一段話。我對這些問題必須有自己的立場和看法，我讓自己的獨特性一點一滴地被剝奪。我變得願意回答任何問題，我做研究，好讓自己具備足夠知識成為我的責任。

我首次感受到這種壓力是在我十三歲的時候。當時九一一事件剛過不久，我和妹妹搭地鐵，一個中年婦人在我們旁邊坐下。她注視了我們很久，然後開口問我是自願戴頭巾的嗎？「對啊！」我說。「妳才不是。」她回答。接著，她對我們進行了長篇大論的演說，說我們如何受壓迫，又問我伊朗、伊拉克、沙烏地阿拉伯和其他地區的情況，這些地區我從沒去過也不認識。「這和我沒有關係。」我叫著，她繼續滔滔不絕地說。「那不是我的伊斯蘭。」我說。

在她的叫囂聲中，我和妹妹在下一站下了車，換搭另一班地鐵。

我的心臟狂跳不已，我認為自己失敗了。為什麼我對這些國家所知如此不足？作為穆斯林，我應該要具備足夠知識，這樣她就不會質問我了，我覺

得自己彷彿沒有通過一個我應該輕鬆過關的考試。

在這之後，我把每個他人對我的提問都當成一項功課。伊朗、伊拉克、阿富汗，我任由全然陌生的人來規定我應該知道什麼、我應該具備什麼知識，只因為我頭上的一塊布，只因為我的信仰。

他人的問題影響了我對自己信仰所學到的東西，它將我自己的問題、我自己的興趣、我自己對知識的渴求推到背後。如此，我才能為自己辯護，我全心研究那些以我的信仰為名，實際上卻缺乏真正基礎的無人性謀殺者和罪行，而非追求其實對我作為獨立個體更為重要的宗教問題，後者可能有助於我在心理上及情感上的成長，建構我的性格、我和自然及人的關係。這些不見得能讓我變成更好的我的信仰辯護者或宗教代言人，卻能使我成為一個更好、更和善、更堅強的人。

「如果你們不想，那就不要赤裸裸地交出自己。」我對座談會中的年輕女子們說。我其實不算真的認識她們，因為我們僅是談論其他人如何，但是，「陌生人沒有權利知道你的逃難故事、你的信仰、你的精神生活、你最私密的情感。如果你們想

說，可以說；如果不想，那就不必說。」

我問自己：「如果這個世界沒有仇恨、沒有內心充滿怨懟的人、沒有極端份子、沒有戰爭、沒有歧視，你會怎麼做、怎麼想、怎麼寫？你會談些什麼？你會為什麼而工作？觸動你的會是什麼？」

沉默。室內一片死寂。

諷刺的是，有時候當我們在對抗他人對我們的扭曲看法時，它們卻成為了事實。有時候我們抗拒自己生活在其中的那些環境，我們卻被同化，因為抗拒也會成為習慣，我們因而忘記了抗拒的真正意義：真正的自由、人性、多面向。

所以，不只是無名者的壓迫，有名者也會將自己關在籠內。在面對無名者強加在他們身上的形象時，他們自己便描繪了相對應的群體形象：妖魔化程度比較少、比較正面，但是在這些形象中同樣沒有獨特性和人性。群體形象被貼上不同的標籤，卻依然無法擺脫沒有人性的貼標籤行為。

二〇一六年，穆斯林美國記者諾兒‧塔格里

（Noor Tagouri）登上美國成年男性雜誌《花花公子》（Playboy）雜誌十月號，該期雜誌主題是「叛變」（Renegades）。她戴著頭巾，全身緊密包覆，自信而從容，這是在《紐約時報》（New York Times）或任何一本穆斯林時尚雜誌都可以見到的樣貌。然而，這卻在穆斯林的社群媒體上引發軒然大波。多數討論的重點不是塔格里的獨特性或是她接受的訪談，而是在於一個明顯是穆斯林的女子登上《花花公子》這件事。穆斯林女子被准許這麼做嗎？

為了修補「伊斯蘭教」的公眾形象，穆斯林社群經常對那些出現在公眾眼光中的穆斯林施加不理性的期待。那些期待從未被明列或清楚描述，但是它們一直存在於無形，畢竟無論他們願意與否，在公開場合發言的穆斯林就是被視為穆斯林整體的發言人。

當將近二十億的人被簡化為單一群體，這群人早晚會開始對自己的媒體形象入迷。如果有人要描繪一個他們的簡化形象，他們就會想徹底了解描繪者是誰以及他們將會如何被呈現：有沒有戴頭

巾、怎麼戴、有沒有鬍子、代表這個或那個國家的立場、根據這個或那個穆斯林教派、什葉派或遜尼派、瓦哈比派或蘇菲派、文化派或實踐派、開明派或保守派？

年輕女子，尤其是戴頭巾的女子甚至承受了更大的群體代表壓力，人人都認為自己有資格評斷她們。如果一個女人在下巴將頭巾打結，她是保守派；如果她是將頭巾纏在頭上，她是進步派；如果她穿裙子，她屬於這個社群；如果她穿緊身褲，她屬於那個社群。無論她是不再戴頭巾或是從未戴過，無論她做什麼或穿戴什麼，無論她怎麼生活，她都被審視、被評斷、被譴責、被分類、被編目、去除她的多樣性和人性，而且不僅是那個她試圖讓自己被理解的社會，還有那個期待她說明並「合宜地」代表穆斯林的穆斯林社群。這是一個不可能的工作。

二〇一三年，一支標題為《在美國某個地方》（*Somewhere In America #MIPSTERZ*）的時尚影片上傳至網路，影片中的年輕穆斯林女子們展現她們對穿著的自信和流行文化的生活風格。年輕女子玩

滑板，笑著，跳著舞。這支影片在社群媒體上引發熱議，每個單一片段都被拿來討論，時間長達數週。穆斯林女子被准許如此穿著打扮、如此擺動、搭配著這種音樂嗎？

我認為在這種情況下，批評背後的某些理由是合法且重要的。譬如說如果牽涉到像《花花公子》這類雜誌的性別歧視或時尚活動中的多樣性，這類活動並非追求政治的包容性，而是要發掘非西方或非白人的購買力，但生產這些衣服的孟加拉及其他地方的人卻繼續遭到剝削，因此時尚廣告中標榜的多元化只不過是掩人耳目的噱頭。不過批評者通常對政治或道德議題不感興趣，我們穆斯林反而一點一點取走我們自己獨特性的空間，亦即我們（尤其是女性）需要表達我們獨特性及我們成長、發展和犯錯的自由。隨時要無可挑剔、當模範生的壓力瀰漫在我們的日常，剝奪了我們的人性，畢竟就是我們的缺點和古怪讓我們成為人。

與此同時，這種保持完美無瑕的壓力阻礙我們去談論駭人聽聞的不當行為，譬如地位顯赫的男性神職人員濫用權力掩蓋性侵事件並恐嚇女信徒。人

們不得公開討論這種濫權，誰去談論這些就會被扣上「女性納粹」的帽子，被視為西方化或不忠誠。[2]

另一個因特殊族群的公眾形象而造成狂熱的例子是美國「堅強的黑人女性」（strong black woman）刻板印象，這種刻板印象將黑人女性描繪成天生強健、堅忍、獨立，尤其在電影及流行文化是如此。研究顯示，這種所謂的正面形象阻礙人們健康地處理壓力，更可能導致憂鬱症惡化。[3]令人錯愕的是，在這種思維左右下，為數可觀的醫療人員相信黑人比較能忍痛，而這也反映在藥物治療上。[4]美國作家兼演員羅賓·西德（Robin Thede）以此為題，在一段嘲諷性的音樂影片中唱著饒舌歌曲〈虛弱的黑人女性〉（Weak Black Women），批判這些強加在黑人女性身上過度的、去人性的期待。[5]

抒情詩人馬克斯·索雷克（Max Czollek）在他的《你們瓦解吧！》（Destintegriert Euch!）一書中，呼籲我們「拋開相同群體的想法，拋開我們是一體、必須捍衛我們全體性的想法。」他主張，每個人都由許多部分組成，這些部分會不斷變動，相信有種「完好的」相同性是個「危險的幻覺」。[6]

索雷克的靈感來自於土耳其的亞美尼亞裔記者赫蘭特·丁克（Hrant Dink）的一段名言：「如果你只能透過一個敵對形象來保持你的身分認同，那麼你的身分認同就是一種病。」[7]因此，我們不可以再讓年輕一代當他們被歸類的那個群體的發言人。我們不可以再教育出這樣的世代：將作為所屬群體的完美代表視為人生的義務，隨時準備好為他們存在的權利辯護，並且去滿足觀眾似乎永無止境的挑釁胃口。

當我在Instagram上提出關於發言人這個問題的討論，一個尬詩擂台（Poetry Slam）參賽者傳了下列這則訊息給我：

> 我一直有種感覺，作為一個有移民背景的人，我必須先說明一切：為什麼我在這裡以及為什麼我有權利在這裡。你也有感受到這種壓力嗎？我現在似乎陷入了惡性循環，因為我覺得別人就是期待我談論這些話題（反歧視、移

居經驗等）。[8]

　　要求獨特性並同時身處其中並非不團結。恰恰相反：這是為其他邊緣人鋪路。如此一來，他們也能說出他們獨特的故事。他們便能走入世界，追求自己的夢想，不是鞏固歧視的結構，而是去質疑它。一個在企業中位居高位的女人並非無意識地創造出更多性別平等，而是她在企業中位居高位，同時對抗不公平且性別歧視的結構。

　　有時候，我會成功獲取我想要的公義，但是有時候，我也失敗了，因為我不夠堅持或不夠專注，也或者就只是我沒有力氣。這一切並不容易。當你踏上一條新的道路，但你不知道它將通往何處，也不知道該如何準備、因應那些潛藏的危險，因此錯誤在所難免。但是，目標就是關鍵：別讓不公義主宰你的人生，同時也向那些沒有足夠特權逃離的人展現團結。

　　二〇一七年，德國的「另類選擇黨」（AfD）

在大選中取得百分之十二‧六的選票，這是自德意志聯邦共和國成立以來，首次有公開主張種族歧視的右翼政黨進入國會。[9]我在大選前幾週著手寫下這篇文章：

> 我的心臟狂跳不已，胸口緊繃。一股恐懼從我心底油然而生。夏天過去了。我旅行了幾星期之後，終於又回到漢堡。我們在機場搭上火車，我小心地觀察周圍人們的臉龐。他們是友善的還是帶著敵意？對於我、我的先生、我的小孩，他們是怎麼想的？
>
> 幾分鐘之前，我們排隊準備過海關，一個海關人員和我們打過招呼後指著我們，用幾乎算是吼叫的聲音說：「沒有德國護照的人站到那邊去！」他不斷在排列隊伍中來回穿梭，到最後，他乾脆直接說：「土耳其人過去那裡！土耳其人過去那裡！」
>
> 他盯著我們看，但是我們站著不動，手裡拿著我們的德國護照。然後，他繼續在排列隊伍中走來走去，一邊大力揮動著手臂，彷彿站

在那裡的不是人，而是他要趕走的惱人蒼蠅。

這裡的人看我們的方式和我們在旅行時所感受到的不同。有些人投以不屑的目光，另一些人則眼帶嘲弄。我看著我的小男孩，他坦然地看著周圍的人，想要和他們對上眼，有些人回應他，但是許多人不理他。

我覺得不舒服，在這裡，在我出生的這個城市，我的家鄉。

我轉向我先生，心想他是否也有相同感覺，還是我自己太敏感？多數人無法從外表看出他來自哪裡、信什麼教。然而，當我們兩人一起外出時，他便會感受到和他自己單獨外出時不同的社會氣氛。

最後，我輕聲說：「我覺得不舒服。」他朝我低下頭說：「我也是。」我鬆了一口氣，因為我確定不是我的問題，不是我「過度敏感」。

不過這天並沒有發生任何不尋常的事，沒人辱罵我，也沒人對我吼叫。如果我不是剛出國幾個星期回來，這都是極其正常的一天。

正是這個經驗的對比讓這份沉重變得難以忍受，但是我很快又會習慣了，因為這種不快已經成為我們存在的一部分。

　　幾個星期之後，我和一個大型德國週刊的編輯們坐在電視機前，分析著大選的結果。「我們會將他們趕走。」選舉結果公布時，另類選擇黨的熱門候選人亞歷山大・高蘭（Alexander Gauland）如此大喊。他說政府最好有心理準備，「我們將會奪回我們的人民。」[10]

　　我的背脊發涼。我什麼都準備好了，但這暴力、這話語的冰冷令我猝不及防。當我走在路上，我好奇我的周遭有誰投票給這個主張敵視邊緣化團體和少數族群的政黨，我好奇從我身邊經過的人當中，有誰投票反對給予像我這樣的人隸屬此地的權利。

　　一天過去了。兩天過去了。我的眼睛停止找尋答案。我已經習慣了冰冷。

　　直到我偶然間讀到猶太哲學家及拉比亞伯拉罕・約書亞・赫歇爾（Abraham Joshua

Heschel）的這段文字：「我想談個人，如果一個個人停止感到驚訝，那麼他等同死了。每天早上我都對太陽升起再次感到驚訝。如果我看到一件惡行，我不會冷漠以對，我不讓自己習慣我碰見的暴力，我總是對這些事感到驚訝。因此，我反對暴力；因此，我可以用我的希望來對抗它。我們必須學習感到驚訝，不要讓自己適應。我是社會中適應力最差的人。」[11]赫歇爾的這段話讓我聯想起印度哲學家克里希那穆提（Jiddu Krishnamurti）說過的一句話：「適應一個病入膏肓的社會並不是健康的表徵。」

我不知道要怎麼辦到永遠不停止感到驚訝，永遠不習慣不公義，一直展現你的團結並時時警惕，但卻同時過你的生活，在生活中找到樂趣並走自己的路。

然而，我認為就在我們訂下這個目標之時，路就開始自己鋪起了。就在我們察覺影響自己的形象並決定不屈服於這個影響的這一刻，路就開始自己

鋪起了。就在我們察覺我們的去人性，決定給予自己的獨特性空間，不需別人邀請或允准，並且不停止和他人團結的這一刻，路就開始自己鋪起了。

知識份子清潔婦

了解問題的最好方式就是成為問題的一
部分。
——阿南德・葛德哈拉德斯
　（Anand Giridharadas）

在我這一生中，我是許多問題的一部分。我出於好意犯下許多錯誤，尤其是那些在自由資本主義社會中不被視為錯誤，而是被當作可取的、合理的行為。

有次我和幾位女性主義者共進晚餐，其中一位比我年輕一些、也是公眾人物的白人女子令我回想起從前的「我」，以及當時的不舒服。有那麼一刻，我相信自己在她身上看到她是一個我可以分享這種感受的人，於是我問她，她是否也覺得被授權代表許多人對著麥克風說話令她不舒服。

我二十出頭時，一家公共廣播公司邀請我參加一場電視辯論。標題很花俏，有一點伊斯蘭，有一點德國「主流文化」。其實我大可以拒絕邀請，但是我當時相信自己真的可以消弭偏見。我還不知道自己是商業模式的一部分——對伊斯蘭的恐懼。受邀者名單上的其他人看起來還可以，除了一位令人心存疑慮、當時還不特別出名，但現在已經是談話節目的名嘴，他對這類節目的「貢獻」就是證實他人對**伊斯蘭**的恐懼及擔憂。我的大多數朋友都勸我不要去。「不值得和這種人討論。」他們說。只有

一個親自見過他的朋友抱持不同的看法。他最近採訪過這個人，覺得這個人絕對願意討論。聽起來不錯啊，我心想。他不必同意我的看法，重要的是他有興趣進行認真的交流。我認為自己有個很好的計畫：我想提前和他見面，喝個咖啡，然後，如果他真的關心這個議題，我們就可以透過討論來豐富節目的內容。可能會有爭議，但只要它是有建設性的就好。

到那時為止，我還無比天真。我們真的在上節目之前見了面，相談甚歡。我們一方面談到德國穆斯林社群的問題，另一方面批評了伊斯蘭恐懼症[1]（Islamophobie）與種族主義。我覺得我們相處得很好，直到我們坐在攝影棚裡。攝影機轉動著。

我在回答主持人的一個問題時，提到了伊斯蘭恐懼症。噢，這才不是問題，我那位方才還如此開明的談話對象沒好氣地說。我驚訝地解釋了伊斯蘭恐懼症當然是相關議題的理由，他回答：「伊斯蘭恐懼症聽起來像是一種病，你是說德國人全都有病？」

我困惑地盯著他。該怎麼回應在攝影鏡頭前後

判若兩人的人？我背後的觀眾發出怪裡怪氣的吼叫聲，主持人作壁上觀。接下來只要我一開口，背後就有人叫囂。我在某一刻憤怒地回過頭看觀眾，但這一切之後在電視上都看不到也聽不見。

節目結束之後，我還是不太明白剛剛發生的事，所以我走向他，對他談起伊斯蘭恐懼症和疾病的比較。我說那具有爭議和毀滅性，評論該朝哪個方向走？我問他。「是的，」他答道並點點頭，「這也許是個錯誤。」然後便轉身去取用自助餐。

「節目還可以。」我的朋友們之後告訴我。他們說人在鏡頭前後表現不同是正常的，但是這種狡詐的無恥令我反感。怎麼會有人在敏感議題上開啟爭端，甚至故意說錯話？難道他不明白言行一致的道理嗎？

我的對手是以證實恐懼向德國大眾「解釋」伊斯蘭教，相反地，我試圖減低恐懼。我們基本上扮演的是相同角色，只是立場對立：我們兩人都被迫代表所有的穆斯林發言，我們都在對一群沒有被貼標籤的觀眾解釋隱藏在玻璃牆後的東西。他散播驚恐，我安撫人心，但是我們都讓牢籠繼續存在著。

誰給了我這個角色？我大可以散播恐懼並因此獲得掌聲與認同。在這個媒體馬戲團中，沒有人檢查我正直與否，也沒有人能阻止我濫用我被賦予的特權。

在我問這名年輕女子對她自己的權力地位是否會感到不舒服時，我就是這麼想的。她回答，又是一個典型的女人，一個老白男絕不會問自己這樣的問題。她說的沒錯，一個認為自身權威不可撼動的人才不會問自己這樣的問題，但是我相信自己的侷限，我的「阿熙祺葉」（aciziyet）。

我犯的錯誤之一是，多年來一直玩著這個將人們貼上集體標籤的遊戲。我的對手扮演從局內人視角強化集體屬性的角色，而我的角色則是代表那些反對歸類的人發言。德國大眾問我們的問題是：你們到底誰是對的？好像我們其中一方在說謊，而另一方擁有絕對真理。是的，有些女性被迫戴頭巾。是的，有些女性自願戴頭巾。是的，有些穆斯林發動恐怖攻擊。是的，有些穆斯林打擊恐怖攻擊。是的，有些黑人在學校表現欠佳。是的，有些黑人是科學家、教授、大學校長。問題在於誰被視為例

外？誰又被視為正常？

為絕對真理而戰已經成為一門好生意，今天你可以靠著批評伊斯蘭謀生。然而，為整個族群的終極真相而鬥爭並沒有意義。我們，這個社會，停滯不前。而問題呢？它們依然存在。

所以我坐在這些節目上說著「是的，但是……」，試著將汙名化的討論變成有建設性的討論。我就像做著清掃工作的知識的看門人，徒勞地清掃他人留下來的廢話，用數字、數據、事實和常識來反駁他們。我成年後的大部分時間都在降低損害，隨時準備應付下一個無腦的種族主義理論披著知識辯論或「對伊斯蘭的合法批評」的外衣，將東西賣給我們。

無論我們實際的職業為何，女性主義者也好，環保主義者也好，在公開場合發言的有色人種女性尤其應該永遠待命，準備隨時放下包括私生活、工作的一切，並立即踏入社會。舉例來說，蘿拉．多爾海姆（Laura Dornheim）是一家數位公司的經理，並加入了綠黨。她也是那些因為參與其中而被期望放棄一切、置身於社交媒體的攻擊、有時甚至

涉及人身安危中的一位。她在一個尤具挑戰的時期
寫了這些話給我：

> 「你們想要我怎麼樣？」我想對著黑暗大
> 叫，這個匿名的、有形的黑暗，來自每天都有
> 人訂購價值數百歐元奢侈品寄到我私人地址的
> 黑暗。你們想要我怎麼樣？

> 我當然很清楚他們想要什麼。他們認為他
> 們可以用他們的優越感箝制我、公開羞辱我，
> 宣揚他們病態的自我。他們可能希望讓活躍於
> 政治的女人閉嘴，而且認為他們可以強迫我參
> 與他們。

> 遺憾的是，後者確實如此。儘管我極度厭
> 惡他們，雖然我今晚其實有更好的事可做，我
> 卻幾乎像是得了強迫症般每隔幾秒就刷新我的
> Mentions，看看是否有新的東西出現。

> 這是身體的體驗。任何經歷過暴力的人就
> 會懂這種感覺，無論是模擬或是數位的。我的
> 瞳孔放大，與此同時，我得到全隧道視野，我
> 的脈搏變快，我想嘔吐。我的身體很害怕。我

很害怕。沒錯，那只不過是幾條推文，只不過是幾個寄錯地址的包裹。

我知道我不會讓任何人阻止我公開談論我的信念，但這是一個我和其他許多人必須不斷付出的高額代價。而我知道，這個代價對許多人而言太高了。

這種公開存在的「代價」經常被輕忽，因而被正常化。我們被迫做出回應，必須隨時有空。當我針對這種壓力詢問一些身為公眾人物的女性時，記者安娜·杜希姆（Anna Dushime）寫信給我：

首先，如果我不發表意見、不利用我的平台（相對而言還算小的），我對我的社群會有罪惡感。其次，那些神經大條的白人朋友傳來警察暴力的影片令我惱火，例如：聖路易發生的事真是太糟糕了。你看到了嗎？我總是納悶為什麼他們對黑人真實反映的渴望勝於關心我的幸福。第三，我討厭在我職場領域的人期待我辦一場半正式記者會，最好還加上一個會後研討會，我又沒義務教導他們這些經驗。因

此，我必須釐清這些感受，同時嘗試消化他們所暗示的種族主義或性別歧視事件。

一家大型週報的線上主編凡妮莎・武（Vanessa Vu）如此評論她的角色：

> 由種族主義、性別歧視或階級攻擊引發的無力狀況，對我而言就如同意外事件。我不能也不想移開目光，我站著不動，想要緩解情勢，卻忽略了自己的需要與目標。一次兩次沒關係，但是和交通事故不同，我每天都要面臨種族主義事件。這種持續的急救工作剝奪了大量的精力和智力，我寧可將其投入創新的、有權掌控的與永續的工作中。

女權作家瑪格麗特・斯托科夫斯基（Margarete Stokowski）多年來一直致力於這個領域。她在一個廣受歡迎的專欄中，以她專業的形象批判性地審視當前的政治、社會和文化事件；作為個人，她也日漸成為種族主義者和性別歧視者的投影幕。對於她被賦予的期望，她如此寫道：

　　　　　　　　　　　　　　　我說，所以我存在

我認為這是每個政治活躍份子在某個時期都會經歷到的學習過程：了解你必須注意到你的侷限性。因為其他人通常不會這麼做，就算他們這麼做，了解自己的能力與需求並採取相對應的行動也是極富意義的。和你投入的目標同等重要的還有擁有自己的健康和工作能力，我可以理解「活躍份子倦怠」。就我個人而言，我不覺得自己總要說些什麼，即使別人要求我這麼做。對我而言，自由地不對所有事情發表評論或立即對所有主題發表意見，這比需要對所有事情做出回應或採取立場更為重要。我覺得更困難的是，我很難在別人受到攻擊時保持沉默，我會試著幫上忙，即使我缺乏資源（時間、精力、意志力等）。有時候這很辛苦，但是我覺得也不需要改變。

　　定居倫敦的法國－愛爾蘭記者暨電影製片人米莉安‧法蘭索瓦（Myriam Francois）多年來一直被要求以皈依的穆斯林和女性主義者身分參與談話節目和座談會。然而，她對我解釋說，這些形式的建

構方式有時會讓與會者發現自己處於他們本身並不代表的立場，這甚至導致他們在不自覺的狀況下加強了戰線的形成。現在她不再參加這類形式的座談會：「我不是馬戲團的動物，我在場並不是為了娛樂你們。雖然我曉得電視節目的運作方式，但我個人對此不感興趣。」

我也在某個時刻意識到，那些製作這種鬥爭秀的人靠的就是像法蘭索瓦和我這種人為自己抗爭，而這場鬥爭之所以能成功是因為有我們的加入。

當新聞編輯委託我們反擊他們來賓錯誤的、蓄意挑釁的、計畫性仇外的言論時，他們忽略了他們作為新聞工作者應當注意的義務。在過去幾年，我花費許多時間向編輯們說明，揭發來賓的錯誤、謊言、操弄和挑釁是他們的責任，不是我的。將這新聞的核心任務外包會導致排外心理、種族主義、性別歧視等情況加劇，而我們的貢獻卻只不過是一種反觀點或反立場。

太多編輯和出版社規避自己應負起的工作責任，因為這些關於人類生存權利的討論對他們而言似乎就「只是」討論。只是文字。純粹的遊戲。然

而，一個字詞絕非「只是一個字詞」。每個字詞都有其影響力，人們會因為我們用來描述他們的詞語而改變，他們會變成他們被描述的模樣。

非裔美國心理學家克勞德・史提爾（Claude Steele）在他的《韋瓦第效應》（*Whistling Vivaldi*）一書中，描述了社會的刻板印象對相關族群所造成的影響。他發現，害怕符合負面刻板印象的恐懼心理會導致預言成真。社會認同會影響學業成績和回想能力，也會影響人們證明自己以及在特定環境中的放鬆程度。史提爾指出，一般相信所有這些事情是由個別天賦、個人動機和性格所決定。

史提爾和他的同事們證明了，光是意識到對自己社會族群的負面假設就會影響個人表現，即使身為這個族群一份子的我們在測試環境中被認為是無關緊要的。刻板印象對人的影響，以及認同這種刻板印象的單一個人是否在場無關。它就是會影響我們，因為它存在於社會中，因為受它影響的人知道它的存在。[2]

「若有人是為了與敵人爭鬥而活，那他總會希望那個敵人活著。」[3]當我讀到尼采的這句話時，我才成為全職作家沒幾年。我想知道，自己是否在內心某處已經對這種毀滅性機制產生了依賴：一些人製造仇恨言論，另一些人則對它們做出回應。莫非我暗地想要維護我所對抗的結構？不，我慶幸地意識到並不是，但是我的人生決定以它為中心。因此，我決定幾年內不以新聞業謀生，於是轉而在一所大學工作，我想要測試自己的意圖，想要將我的個人價值與我獲得的公眾、經濟認可脫鉤。

然後，我發現自己對此完全不想念。相反地，我感到輕鬆、自由。我的工作與政治發展無關，它的範圍更有限。有一回，一個非穆斯林的白人媒體朋友對我說，他有壞消息要告訴我，他認為伊斯蘭和移民在未來不再是最重要的公眾議題之一。「這是壞消息嗎？」我笑著問他。我想不出比不再扮演社會政治危機的代罪羔羊更美妙的事了，也想不出比終於不用參與讓我們從真正問題分心的遊戲更美妙的事了。

童妮・摩里森（Toni Morrison）曾說過：「功

能，種族主義最嚴重的功能……就是分散注意力。它讓你無法工作，讓你一遍又一遍地解釋你存在的理由。有人說你沒有語言，所以你花了二十年的時間證明你有。有人說你的頭形不對，於是你讓科學家努力證明你的頭形是對的。……這些都不是必須的。但總是還會有另一件事。」[4]

總是還會有一些東西。又一個荒謬，又一個「專家意見」，讓我和其他成千上萬的人將一生奉獻給它，而不是專注於有趣的、具前瞻性的議題。我們將精力浪費在一場毫無意義的鬥爭中，以確保它不會變得更糟。

幾年前，我以觀眾身分參加了一場座談會。一個當時頗知名的記者顯然覺得對話很無聊。穆斯林的興奮究竟從何而來，他打趣地說，他們缺乏性和酒精。接著，他正色地問其他來賓，伊斯蘭教和拒絕受教育是否有關連。

我在觀眾席上盯著他看，然後我們的目光相遇。他顯然沒料到那天晚上的觀眾中會有我這樣的人，所以他避開我的目光。我站起來，開口說話。這位先生這下完全轉過身去了。「您可以看著我，

還是說，我的存在令您感到困惑？」我問道。很明顯是這樣。依照他的說法，像我這種女人根本不可能存在。活動結束之後，我找到他，詢問他的觀點從何而來，他說：「我不是伊斯蘭專家，他們只是邀請我來參加，總是要有點節目效果。」

非裔美國作家瑪雅·安吉羅童年時期有五年時間不開口說話。當她說出強暴她的人是她母親的一個朋友時，她才八歲，而那個男人在不久後被發現死了。自此之後，她不再說話，她被自己說出的話嚇壞了。[5]

一個無辜的八歲孩子覺得自己要對自己的言論負責，而大人卻蓄意散播仇恨信息，讓輿論「炸鍋」，只為了娛樂效果。這種鬥爭作秀變得越兩極化，它們就越能改變原本應被娛樂的觀眾。立場越明確、越一致，態度越理想化、越不妥協，社會的裂痕就越深，人們幾乎沒有懷疑、遲疑和反思的餘地，直到我們最終忘記了曾經有這些可能性。

「我應該被允許說……」在媒體話語中，這個短句將端正、尊重、同理心還有科學和事實一概拋到後方。始作俑者是蒂洛·薩拉辛（Thilo

我說，所以我存在

Sarrazin）②，他在二〇一〇年出版了一本書，書名在此不贅述。作家哈堤潔・阿坤（Hatice Akyün）將這個時刻描述為重大的轉折：

蒂洛・薩拉辛不可逆地改變了「可以說」的界線。媒體編輯向他們的讀者群提供了通常會被起訴的陳述。大家現在輕鬆、有教養地討論優生學、乏味的種族主義以及移民是否為德國帶來任何有用的東西。如粗糙計量尺的官僚說著那些可疑的陳腔濫調，不斷重複著，彷彿它們有科學依據。在媒體為他們提供堅固平台的守法公民的表象背後，追隨者變得激進，並將自己視為粗暴分類、膚淺化和帶偏見的指責的執行者。[6]

阿坤講述她的同事們是如何解釋薩拉辛所言並非全是不好的，「然後他們在文字的沼澤中尋找那

---

② 譯注：德國政治人物，於二〇一〇年出版了《德國自取滅亡》（*Deutschland schafft sich ab*），書中將穆斯林移民稱作難以融合的團體，引爆整個德國對移民問題的熱議，以及是否基於政治正確而不願將問題放在檯面上的軒然大波。

一滴清澈的水。」

✦

　　幾乎沒有一個惡行會莫名出現，它們通常經過多年的醞釀。並不是每個人都會看見它撕開社會的裂痕，因為它常常發生在特權階級不會經歷的地方，所以他們只有在自己受到影響時才會看到問題。他人的經驗，他們的知識，不值一提。

　　但是以後可能就太遲了。因此，如果對利他主義不感興趣，如果沒有與弱勢團體團結一致，至少值得看看他們的經歷，以便從中發現自己未來的跡象。如果想知道等待所有人的挑戰是什麼，就應該仔細聆聽那些已經在當今社會架構中受苦的人。世上的窮人、世上的邊緣人知道氣候危機、資本主義、消費狂熱和社群媒體最醜陋的面貌。看著特權階級苦思未來的挑戰，卻同時漠視那些所有早已經歷這些挑戰、早已談論且書寫這些挑戰的人，有時令人感到既可悲又可笑。

　　在特權階級也將右翼民粹主義與右翼極端主義視為民主威脅之前的許多年，那些本身是右翼箭

靶的人就已經提出警告。「忍受或忽視『德國另類選擇黨』是一個黑人和有色人種沒有的特權。」政治學者歐贊・沙卡利亞・克斯金（Ozan Zakariya Keskinkılıç）[7]這麼寫道。這就是為什麼我們作為整體社會不能忽視仇恨。我們必須導正仇外的想法，不可以容忍它，讓它升級成為辯論注入新動力的「意見」，而是要將它命名：種族主義、極端主義、仇外心理、法西斯主義。仇恨「不是」意見。

多年來，媒體和政界一直在認真討論伊斯蘭教是否屬於德國。問這個問題的意圖和目的是什麼？我們是否知道這意味著什麼？它會給相關者帶來哪些後果？如果在某個時候我們決定：不，穆斯林不屬於德國，那會怎麼樣？接著會發生什麼事？

對社會的多數人來說，種族主義、仇外、歧視性辯論只有在暴徒追殺人、縱火焚燒建築物、殺人時才會成真。仇恨、惡意、暴力、拒絕對我這種被標記為「不同」的人來說，一切都是日常現實，只有當它們大幅升級時，大多數人才會看到。少數民族和邊緣化族群所經歷的事情是個預兆，當他們描述在陰影中發生的事情時，我們應該仔細傾聽，有

時那甚至是言語無法形容的，他們是偵測威脅我們民主的地震儀。

在二〇一六年奧圖・布倫納獎（Otto-Brenner Preis）頒獎典禮的演講中，作家梅莉・奇亞克（Mely Kiyak）根據有色人種或具移民背景的記者被迫忍受的仇恨評論描述了這一現象：

> 自從我在二〇〇六年一月十九日發表第一篇文章，一篇在《時代週報》（*Die Zeit*）副刊上的短文以來，直到今天，沒有一篇文章、一篇專欄、一篇採訪沒有引發前述的反應（仇恨評論與仇恨信件），沒有一篇文章沒有！而我認識的同事在他們整個職業生涯可能總共才收過三封信！
>
> 我說的不是網路上的評論，而是真實的信件或電子郵件。一週又一週，憤怒、辱罵、舉發、威脅如冰雹般襲來。極少有信件涉及我所寫的內容，多數都是關於我寫作的這個事實。
>
> 所以當有人說某個研究顯示，近年來由於臉書與推特的緣故，讀者們變得非常具攻擊

性，我無法苟同，因為我的經驗告訴我：我早就只知道這樣的狀況。

十年前，當我們這些名字聽起來不太一樣的同事對我們的同事們說：我們受到嚴重騷擾，請支援我們，得到的反應總是一樣——冷漠以對。他們誤以為這只是少數族群的問題，雖然我們說：今天是我們，明天就是你們了！

少數人的經驗必須受到重視，因為它們對於情勢發展有其參考價值。

直到十年之後，我的同事們才察覺仇恨的問題並描述它們，但令人匪夷所思的是，他們宣稱：「當時不像今天這麼嚴重，現在一切都更粗暴、更肆無忌憚。」

當然不是如此。當時也同樣惡劣、噁心、無恥與野蠻，只不過那只影響到「我們」。[8]

近年來，網路仇恨言論引起廣泛且驚恐的辯論，但是對於某些人來說，這一直是他們長期以來從事公眾工作時的背景噪音。二〇一六年，我和作家安妮‧維佐雷克（Anne Wizorek）問了其他

女性主義者這個問題：「網路仇恨言論對你有什麼影響？」它帶走我們的輕鬆自在，我們的「無憂無慮」，維佐雷克當時寫道。它帶走了我們的「時間和精力」，企業顧問都督·庫庫格爾（Dudu Kücükgöl）寫道；斯托科夫斯基解釋，它讓你感到「疲憊，無止境的疲憊」。政治人物亞米拉·尤薩夫（Amira Yousaf）回答我們的問題：「在每次發文之前，我都要考慮我是否可以無所畏懼地撰寫、分享、發布它。我開始自我審查了。」

　　然而，一個人不必參與政治討論就能體會到這種仇恨。有些人只是因為他們在網上可見而成為目標，黑人、有色人種、LGBTQ＋、身障人士和婦女尤其經常遭殃。根據一份針對九千名年齡介於十歲至五十歲的網路使用者的調查，女性比男性更容易遭受網路性騷擾和網路跟蹤之害。[9]

　　當我們提出網路仇恨言論時，往往得到這樣的答案：我們犯不著大驚小怪，那「只是」網路，或者，如果你在公開場合表達意見，你就該預料會有「逆風」。問題不在仇恨，而是我們似乎「挑起了」仇恨。這些都出現在有關網路仇恨言論的辯論

　　　　　　　　　　我說，所以我存在

波及白人男性編輯之前，在仇恨的現實到達特權人士的經驗視野之前。

　　因此，辯論總是依循公眾關注的景氣邏輯。仇外、性別歧視與種族歧視的立場繼續被提升為意見的地位並期待我們對它們做出回應，我們受邀進入競技場，然後被要求清理、解釋、辯護。我們得參加一場以剝奪人性維生的遊戲。我們還想做多久？我們還能做多久？

我們懇求你們，

停止散播和正常化仇恨與種族主義。

然而，你們認為你們是「政治正確的」，

而且「言論自由」更為重要。

你們越給極右組織一個平台，

他們就變得更強大。我們懇求你們。

——記者歐斯曼・法魯奇（Osman Faruqi）

寫於紐西蘭恐攻事件之後

我們生活在一個奇怪的時代。受苦的人不應該

把痛苦表現得太明顯。你應該吞下它，隱藏它，這樣你的人類同胞才能忍受你，這樣他們才能在你身上看到人性。直到今日，當一個人談論他的憂鬱症時，我們還會認為這**很勇敢**。而且前提是，要盡可能以不需結構性改變的方式進行，是由這個人**將命運掌握在自己手中**。貧困、存在的恐懼、威脅的擔憂或癱瘓的痛苦，一切阻礙人們享受生活的事物都不該成為那些沒有這些問題的人的負擔，沒有煩憂的人不想被迫接受其他的觀點或質疑自己的幸福。

有些人因而學會掩飾自己生活艱辛的事情，裝出一派輕鬆的模樣。就像我以前的鄰居老先生，他學會不要說太多、不要太常求助於人、不要太頻繁打擾別人的生活，就是害怕成為我們的負擔。我當時無法消弭他的恐懼。有時候，我們邀請他參加我們的聚會，我會看到他壓抑想要分享的欲望。有別於其他人，他只是默默地點頭，不談論他的經歷、他的生活，不抱怨，不與在場的人分享他的憂愁，以免那些年輕歡快者還要容忍他。歸屬感的假象。

我們這個有種族主義經驗的社會情況與此類似。被欺負、被侮辱、被指責或被仇視的人都慢慢

我說，所以我存在

被教導最好不要對沒有碰到這些問題的人抱怨，無論對方是職場上的同事、大學裡的同學或是健身房裡的朋友。他們學會不要讓他人幸福世界的幻象破滅，並隱藏他們承受的恥辱。

然而，這些是真實存在的。種族主義是日常生活的一部分。自我為人母以來，我甚至遭到幾次人身攻擊。二〇一九年三月，一名懷孕的柏林女子被一名男子擊打腹部，報導稱她是因為戴頭巾而遭襲擊。但是，襲擊的原因不是頭巾，而是襲擊者是種族主義者。[10]對於那些在象徵意義和政治意義上的襲擊針對者，種族主義襲擊事件不是抽象數字和統計數據，他們密切關注主流社會的反應。有人去拜訪了哪些家屬？哪些建築物加派警衛駐守？有很多人更換臉書、推特與IG的大頭貼嗎？他們有表達哀悼之意嗎？特別節目和談話節目目前討論的主題是什麼？

當為難民發聲而遭極右派威脅的現任政治人物被槍殺時（如二〇一六年的英國議員喬・考克斯〔Jo Cox〕或二〇一九年的黑森邦卡塞爾區首長瓦爾特・呂貝克〔Walter Lübcke〕），無論謀殺是否

出於政治動機在最初都無關緊要。只要尚有存疑的空間，問題就是：我們如何應對這種懷疑？任何可能被謀殺的人都會密切觀察媒體和政界對這種懷疑的反應，並且自問：哪些威脅和恐懼被優先考慮？他們特別關注什麼？以及何時會出現對「正念」和「克制」幾近誇張的呼籲？

還記得在二〇一九年三月十五日，紐西蘭一個極右翼的恐怖份子頭上戴著攝影機在網路上直播他在兩間清真寺殺害五十個人的經過嗎？在接下來的幾天裡，收視率最高的政治性談話節目的主題如下：「在巔峰表現和超負荷之間，什麼時候工作會讓你生病？」、「壓力下的女人，負責的男人——一切都一如既往？」以及「反歐洲的民粹主義者：英國脫歐只是個開端？」[11]於是，那些可能成為下一個謀殺受害者的人不禁納悶：我們的生命難道不值得同情嗎？

我相當晚才得知這起屠殺事件。第一次得知這起事件是從手機上看到的，當時我正在前往托兒所的路上。那時我兒子決定在公園多騎幾圈腳踏車，我在等待的過程中看到一個朋友傳來的訊息，她說

自己被這起恐攻事件嚇壞了，問我有什麼感想。

我不知道我有什麼感想，只知道自己不許也不能去想這件事，因為我還要善盡責任幾分鐘，假裝這是個快樂的世界。我關閉訊息，嘗試在這裡、在這一刻和我兒子在一起，不讓恐懼進入我們的日常生活。直到我們親吻額頭道別，如同每天早上所做的一樣，我才能專注於發生的事。

我看了新聞。攻擊的影片無所不在，現場景象開始自動播放，人們在大屠殺中尖叫、哭泣或因恐懼而僵在原地。淚水湧上我的眼眶。但是我在火車上，我不想在陌生人面前哭泣，我不要他們的憐憫。我不想述說這件事，我不想解釋我為什麼會如此。已經有這麼多人赤裸裸地展示他們的傷口並因此被嘲笑。不需要新的故事，一切都眾所周知。仇恨有目共睹，他們只需要直視它。

我們不需要看到人們受苦才將他們當人看。

二〇一九年五月，美國阿拉巴馬州通過了最嚴格的墮胎法案，女演員兼製片人碧西·飛利浦（Busy Philipps）呼籲女性在推特上使用標籤#youknowme（＃你懂我）談論她們的墮胎經驗。[12]

數千人分享了她們的經歷，但是也有人主張：我不必述說我的故事來讓別人把我當人看。女性主義者莎拉・洛克（Sara Locke）寫道：「事情是這樣：＃你懂我，但是我不欠你我的故事。我不欠你我個人的痛苦……好讓你來承認我是人。你欠我尊重和對我身體的自主權。」[13]

有一回，我曾表現出我的痛苦。那是二〇一六年，當時我辦了一場線上演說，並呼籲「有組織的愛」。[14]那天，我再也不能也不想假裝這不痛苦。我邊寫講稿邊哭，哭完了又哭。於是，我在旅館房間練習我的講稿，充滿感情，但是不讓情緒外露。我強忍著淚水。我念了講稿五遍，在第六遍，我的眼睛才是乾的。

我在台上奮戰著。停頓。再開始。流淚。再度暫停。最後讓眼淚流下。與此同時，我飛快念完講稿。我慚愧不已。演講結束後，我無法接受觀眾的掌聲。我不想接受。

我下定決心再也不在公眾面前掉眼淚。

兩年之後，我在瑞士一座田園詩般的小教堂裡演講。牧師是個忠誠、細膩的人。在我演講結束之

後，他請我留下。光是在這些敞開耳朵與心扉的人們面前說話就令我深受感動。當一支帶著合唱團的大樂隊奏起音樂，背誦神學家、也是反法西斯的抗爭鬥士潘霍華（Dietrich Bonhoeffer）的話語，我閉上了雙眼。然後，我聽到合唱團擷取我的講稿片段。我不敢睜開眼睛。我和自己奮戰著。很好，很成功。沒有一滴眼淚從我眼睛裡滾落。

我辦到了。

經歷許多次交談之後，我才從這種「成功」中覺醒。根據伊斯蘭哲學，眼淚可以淨化及軟化心靈，儘管顯現脆弱時痛苦不堪，但有時一滴眼淚勝過千言萬語，尤其是在吵雜的靜默時刻。

「最終，我們記得的不是我們敵人的話語，而是我們朋友的沉默。」馬丁‧路德‧金（Martin Luther King jr.）說。只要沉默之後是淚水，我就希望我能夠希望。

右翼的政治議程

右翼越來越能夠左右我們談論什麼。他們決定我們關注的內容，決定我們彼此交往的形式。他們建立一個永久重複的獨裁統治，直到我們相信他們要我們相信的東西，直到我們忘了自己。

這一切都在不知不覺中發生，政治話語的舊規則在這個已不同於以往的數位世界不再適用。我們正在放棄我們的模糊性和矛盾性，我們的個性在工作中、在朋友圈、在休閒時間、在家人之間分別展現的不同樣貌已經融入單一空間，我們個性的不同面向已經凝結為單一身分。我們公開撰寫、分享與進行的事物，我們的家人、同事、朋友與陌生人都能讀到。但是，在數位公開領域的條件下，如果沒有遺忘，那麼我們內在的幼稚與成熟、脆弱與自信、理性與非理性如何同時存在？如果一切都能隨時被發掘，那麼我們的過去也就是我們的現在嗎？如果我們陷入網路鏡子對我們展示的身分裡，我們如何才能塑造自己？

這個不自由的新世界正在製造一個兩極化的言論文化，除了被迫選邊站以外，我們幾乎沒有表達

其他立場的空間。網路揭露了社會的醜陋面目，讓原本只有直接受影響的人才能看到的仇恨變得人人可見。「該死的外國人」、「婊子」。相遇是短暫的，有人在你耳邊喃喃低語，除了你們兩人之外，沒有其他目擊者。然而，就在仇恨者向被仇恨者表達他的仇恨時，這個稍縱即逝的瞬間在網路上找到了一個回音室，話語被重述並且激進化，因此變得永久公開。仇恨正在成為新的常態。

仇恨者認為他們有仇恨的權利，而我們回應他們的挑釁，讓自己面對越來越激烈的激進份子，並因此將他們視為我們的對手。他們的反應與行為始終是我們的參考點，「因為我們認為另一方的憤怒是真正令人惱火的。」媒體學者伯恩哈德‧波克森（Bernhard Pörksen）如此描述這種普遍的易怒性，結果就是「震驚的反感一波接一波升級」。[1]我們火冒三丈且疲憊不堪地尋求那些支持認同我們的人的支持。社會分裂日趨劇烈，變得支離破碎。

即使我們要求更多的同理心、更嚴格的法律、文化變革、道德勇氣、警察培訓等等，我們也不得不承認我們是在黑暗中摸索，因為塑造這些發展

的數位結構並不透明。儘管有許多假設與推測，最廣泛使用的社交平台的演算法仍隱藏在公眾視線之外。想像一下有場古怪的晚宴，雖然你們都參加了，但是你和其他客人卻不明白餐桌的談話規則。你不懂為什麼你身旁女士的高明見解的聲音如此微小，以至於多數的同桌者都聽不見。你不懂為什麼另一個客人的趣味家庭影片會接連幾小時在餐桌上傳來傳去；你不懂為什麼一個詞突然間就蓋過所有其他的詞。你不懂為什麼一個你幾乎不認識的人，剛剛還坐在桌子的另一頭，現在突然就坐在你旁邊，堅持給你看婚禮和度假的舊照。出於某種原因，餐桌上的言語變得越發粗暴。有人怒氣沖沖，氣氛開始不對。一個男人隔著桌子大吼，舉著一個政治人物的舊推文；另一個人手裡揮舞著上週的部落格文章，其他人憤怒地回罵。情勢一片混亂。

問題是，我們為什麼會自願參加一個我們不知道規則的遊戲？我們有足夠的理由不這麼做。

當英國在二〇一六年做出脫歐決定時，記者卡蘿爾・卡德瓦拉德（Carole Cadwalladr）前往她的家鄉埃布維爾（Ebbw Vale）尋找線索。[2]她想知道，

為什麼在這個全英外籍移民率最低之一、左翼工薪階級的小鎮有超過百分之六十的選民投票贊成英國脫歐。她報導了一名婦女一直談論土耳其，說土耳其即將加入歐盟。土耳其加入歐盟的談判已經擱置了好幾年，而且這也不是公開辯論的熱門話題。那麼她的恐懼從何而來？這些訊息出自哪裡？卡德瓦拉德搜尋、研究，卻徒勞無功，直到她發現了所謂的「暗黑廣告」（dark ads）。這種臉書廣告不會被存檔，除了發文者和他們鎖定的目標族群，沒有人能看見。因此，記者和學者無法查看用以吸引臉書用戶的內容，或者說，無從得知他們怎麼被操縱。

使用傳統方式幾乎不再能看透因網路推動或加速的社會發展，我們眼睜睜看著一維世界觀的完美溫床的出現，無力且無助。它是各種狂熱份子和極端份子的天堂。

我們是否全然理解這些發展招致的危險？如果我們整天忙著對付一個日益狂熱的政治對手，只接受證實我們世界觀的東西，會發生什麼事？如果這個時代的守門員Google與臉書不斷透過演算法向我們展示他們推測我們想看到的東西，又會如何？[3]

如果本應說同一種語言的人發現彼此越來越無法溝通，因為他們的意義系統並不相容，那麼我們怎麼樣才能就共同規範在社會中和平相處？我們如何才能防止右翼份子利用憤怒達到自己的目的？

　　憤怒的衝動基本上是一個重要且有用的社會工具。想像一下，一個男人走進餐廳，開始辱罵服務生。餐廳裡的其他客人對他投以不屑的眼光，他們使勁地搖頭，甚至出面干預。他們對這個男人的暫時性關注目的是要責備他，對他發出的信號是表示這種行為在這裡並不可取。那個罵人的男人可能會氣沖沖地離開餐廳、被驅趕出去，或是改變他的行為並道歉。

　　然而，如果同樣是這個男人在社交平台上謾罵，他非但不會受到制裁，他的憤怒還會讓他的影響力變大。他人對他的行為反應越強烈，注視他的目光就越多，聽他說話的人也更多，他的話就顯得有意義。每次挑釁，每次醜聞，他的聽眾也隨之增加。到了某個時候，我們會不禁自問他到底為什麼如此有名、如此有影響力？

　　這種發展現象不單是導致沒有任何新聞價值

的報導過度氾濫，更是政治權力的猖獗，激進、蓄意挑釁有可能將無恥之徒提升至最高政治職位。審慎、克制、猶豫等特質被無視，我們的注意力被越來越極端的立場所吸引。我們面對的是激進的年輕人，他們認為目前正在進行一場「聖戰」，他們必須去敘利亞加入伊斯蘭國；而另一些年輕人相信存在著「緩慢漸進的伊斯蘭化」，內戰無可避免，他們自覺有責任放火焚燒難民住處。還有自稱為「非自願獨身者」的異性戀男人說他們之所以沒有性行為都是女人的錯，因為他們相信自己有權要求性行為，所以他們採取暴力。甚至還有真心相信能以光為食，因而一命嗚呼的人。

然而，當我們談論社會中的仇恨、陰謀論者或激進份子時，我們經常帶著那些相信這裡一切都還不錯的人的那種傲慢和自大。與此同時，我們的觀念也發生了根本性的變化。

近年來，我經常聽到伊斯蘭、種族主義、女權、女性主義、移民和難民等等這些兩極化的議題。這些議題本身其實並不兩極化，只有當它們在相關部落格和論壇湧現、淹沒我們的評論欄，公眾

評論也相應形成時，它們才會變得如此。大量的仇恨言論絕非社會意見多元化的體現，而是由種族主義與右翼民粹主義團體針對性、系統性地組織起來的。專門研究恐怖主義的智庫「戰略對話研究所」（Institute of Strategic Dialogue, ISD）分析了德國媒體上的三千多篇文章以及臉書上的一千八百則評論，發現光是百分之五的帳戶就產生了百分之五十的仇恨言論。[4]有心人士寫信給編輯並對選定的文章發表評論，留下了以下的印象：社會無法接受伊斯蘭、移民、婦女或難民的某些立場，對於主流社會而言，它們過於邊緣、過於挑釁。我們對於何謂「正常」和具代表性的感知因此產生改變，因為即便是那些自認在遠處冷眼旁觀的人也被改變了。

　　想像一下，你坐在聽眾席上，聽著你贊同的演講，但是在你旁邊的幾個座位上、在你前面兩排、在室內右手邊角落和你的正後方，有人一直不以為然地搖頭、插話，明顯對講者的話大感憤怒。你並不知道他們彼此串通製造了「為數可觀的聽眾並不贊同講者的看法」這樣的印象。但一天結束時，你幾乎無可避免地會想著「講者說的話顯然頗有爭

議」。於是，爭取一個更公平的社會、無私的幫助就這樣變得有爭議性。我們就這樣驟然生活在一個拯救地中海溺水者的人必須為自己辯護，而那些反對他們提供幫助的人則不必的社會中。

這就是論壇評論者的目的。他們的主要目的不是回應作者，而是影響閱讀的人。他們的目標是我們，觀眾。他們一遍又一遍重複種族主義、仇外、反猶太、反伊斯蘭與反民主的立場，標榜自己是英雄，勇敢表達所謂的「禁忌」以他們的「思想禁忌」來反抗我們這個「政治正確」的社會。

透過對他們的挑釁做出大量回應，我們將他們合法化，賦予他們社會意義的位置。我們將種族主義、性別歧視、反猶太和反同性戀提升為合法的世界觀，提升為「意見」。我們讓自己被告知每天該做什麼事，生活因此被填滿。右翼份子和種族主義者決定了我們的社會日程，指派家庭作業給我們，而我們乖乖完成。

言語就像小劑量的砒霜，

過了一段時間，效果就出現了。

——維克多‧克倫佩勒（Victor Klemperer）

　　想像一下，如果我們採用伊斯蘭激進份子的語言：非穆斯林從此被稱為異教徒，而九一一襲擊事件的凶手是英雄，德國或美國武裝部隊被稱為十字軍，我們的總理則是一個不合法的統治者。而我們稱這些激進份子為聖戰士，是在神的道路上奮鬥的人。你能想像這一切嗎？還是說，我們的語言採用誰的觀點並不重要？

　　一旦「好人」這樣的詞彙成為一種侮辱，我們就會透過右翼份子的眼鏡來看待堅定和寬容的人。我們將他們關在籠子裡同質化，將他們縮減成少數幾種樣貌。當這個詞彙的用法以這種方式發生變化時，過去從未被命名的人首次知道這是什麼意思，就是「被簡單地歸為一類」。這種經驗也是**老白男**這個詞彙如此激怒那些被命名者的原因，他們應該拿鏡子看看自己的反應，他們突然意識到一個人僅是被其他人視為**一種類別**有多麼羞辱人，有多麼剝奪人性！

右翼民粹主義者可以稱難民援助者或生態保育份子為「覺醒的左翼綠黨好人」，這個舉動本身沒有問題。唯有當這個詞從右翼語言跨越到一般政治話語中，而且那些被貶稱為「好人」的人對此感到不確定時，它才會是一個問題。誰願意天真魯莽？誰願意因為心軟而遭人利用？誰不想理性、實際、務實和強硬？於是，不少人開始自問：我是不是太左？太綠？太包容？太樂於助人？人太好？太善良？太單純？為了彌補這種指責，許多人變得過度嚴厲和冷漠。在這一刻，理所當然的多元化、承諾、寬容消失了，取而代之的是從眾的衝動，以及取悅那些唯有自我放棄才能獲得其青睞的人。若有人膽敢談論價值觀與道德，他們會不悅地翻白眼。不，只有「好人」才會這麼做。

　　＃中轉營 ＃難民潮 ＃說謊媒體 ＃社會寄生蟲 ＃罪犯 ＃審查法 ＃舊政黨壟斷 ＃人民叛徒 ＃語言警察 ＃難民觀光 ＃頭巾女孩 ＃玻璃心 ＃氣候謊言 ＃強姦犯難民 ＃意見壟斷

這些詞彙中的每一個都迫使我們從右翼意識形態的角度看世界。早在一九三五年，貝爾托特‧布萊希特（Bertolt Brecht）就指出詞彙的選擇可以支持法西斯主義，也可以抵制法西斯主義：「在我們這個時代，任何人如果以人口代替人，以土地所有權代替土壤，就表示他不支持許多謊言。他正在從這些詞彙中去除它們腐朽的神祕涵義。」[5]因此，僅是有意識地不使用右翼詞彙就能作為一種拒絕透過他們的意識形態來看世界的抵抗行為，他們的意識形態帶著仇恨、去人性且殘酷的色彩。

作家及活躍份子諾雅‧索（Noah Sow）在她的《德國黑白》（*Deutschland Schwarz Weiß*）一書中，展現了語言的不精確如何有助於維持種族主義的現狀：

> 例如，你不說「種族主義」這個詞彙，因為這個詞令你退縮。當你這麼做時，就表示你寧願忽視種族主義而不直呼其名，尤其當與種族主義犯罪有關的詞如「仇外」和「激進右翼」被錯誤使用時，便總是會發生這種情況。

然而，忽視或壓抑種族主義正是克服它的一大障礙。[6]

每當人們以「仇外心理」取代「種族主義」時，都可以明顯看到這種現象。[7]例如，在波特羅普（Bottrop）和埃森（Essen）發生的右翼攻擊事件，一名男子在二〇一八年新年前夕駕車衝入人群，造成至少八人受傷。當我們選擇我們的話語時，絕對不能只考量語言保護的問題，而是必須考量這些詞語所支持的意識形態和不公義。就這層意義來說，一種公正的語言和特定利益無關，而是語言本身有改變的權利，讓自己以人權、正義、公平和機會平等為導向。

有些人認為使用「政治不正確」的語言顯得特別勇敢。這些人既不保守也不傳統，他們真正反對的也不是政治正確，而是正義。透過堅持使用排他性語言，他們並非反叛，而是在服從壓迫法條。他們等於公開承認自己排斥他人。

「沒有語言警察和審查制度。」作家兼活動家圖波卡・歐蓋特（Tupoka Ogette）如此認為。人

人愛說什麼就說什麼，但是也必須為說出口的話負責：「當你使用Ｎ開頭的字時③，請充分了解你是故意表現出種族歧視並用它來傷害他人。你不是無辜的。」[8]

被呼籲使用更公平的語言卻仍堅持使用排他性語言的人，就是承認自己排斥他人並有意識地反對正義和性別平等，而且擁護種族主義、性別歧視、仇外的語言。

有時候右翼人士會說出我們不想聽到的言辭，這會顯示出他們的真實感受。例如德國另類選擇黨黨主席亞歷山大・高蘭稱他的政黨為「戰鬥聯盟」。[9]

自從這個擁有公開右翼極端主義成員的公開主張種族主義的政黨進入德國聯邦議會以來，人們對媒體反應邏輯的批評聲量越來越大。近年來，越來越多人意識到我們陷入蓄意挑釁的操弄。當高蘭在二〇一六年宣稱「人們」不會想和德國國家足球隊隊員傑若姆・博阿騰（Jérôme Boateng）當鄰居時，

---

③ 譯注：指黑鬼（nigger），對黑人的嚴重歧視用語。

媒體還大肆討論博阿騰是否是好鄰居。一些人投書說想和他當鄰居，另一些人取笑高蘭，還有人訪問博阿騰的前鄰居，或者進行所謂的趣味調查，請路人在高蘭和博阿騰之間做選擇。於是，黑人是否能當好鄰居成了一個真正討論的話題。可恥之至。

為什麼這樣的挑釁會得逞？讓我們問問自己：為什麼我們會覺得不得不對此做出反應？因為這些挑釁是讓我們提升道德感的機會？因為我們相信這是我們新聞工作者的職責？因為我們沒有意識到我們的憤怒是他們的資本？因為我們假設他們是正派的、而其實他們根本不是？

德國另類選擇黨今天之所以如此強大是我們一手造成的，我們透過討論使他們的挑釁合法化。我們賦予他們的仇恨一種「意見」的地位，將他們的仇外心理、種族主義、反猶太主義與性別歧視提升到合法觀點的行列。

有意思卻也令人失望的是，我在德國的許多穆斯林社群中發現這種過程，尤其在九一一之後，他

們將多數精力投注在回應外來的攻擊，例如來自伊斯蘭激進份子的攻擊，他們聲稱以全體穆斯林之名行事；媒體和政治公眾將穆斯林定罪且汙名化，並將他們貶低為激進份子的行為，以此確認這些激進份子自稱是伊斯蘭唯一真正代表之主張。

我們耗費大量的時間、精神、力氣和注意力來解釋不言自明的事。我們回答了最荒謬的問題，和這些暴行保持距離，儘管僅僅暗示我們以任何方式支持殺戮、流血、痛苦、殘忍和暴行對我們都是一種貶低。

「別把它當一回事。」當我們指出這種指控的傷害程度時，他們這麼說。「不要那麼情緒化。」於是，為了避免憂心忡忡的民眾產生更深的非理性恐懼，我們三緘其口。

而如今呢？將近二十年後的現在，情況又是如何？回顧以往，我看到永久性的防禦姿態意味著我們忽視伊斯蘭內部的討論，基於擔心這類討論遭人利用，我們沒有充分批評我們社群內的不當行為——性別歧視、反猶太主義、激進主義、種族主義。我們害怕火上加油，卻連水都沒澆。

多年來，我們一直處在失去自我、失去觸動我們內在的東西的威脅中。我們在公開場合越來越少彼此談論，卻越來越常談論彼此。我們失去了對話空間，在這個對話空間裡，我們不必透過競爭讓非穆斯林聽到我們的聲音並認證我們是好的穆斯林。

我在想，如果我們不那麼在意他人對我們和我們宗教的看法呢？那我們會關注什麼？我們會以不同方式對待那些利用我們的宗教的人嗎？那些人利用我們的共存、我們的多元性，尤其是我們的孩子，作為他們發動戰爭和暴力的彈藥。我們會專注教育而非修辭，專注知識而非防禦戰嗎？正是我們不斷的防禦姿態迫使我們同質化。

同樣的模式現在正於主流社會中重演：透過右翼民粹主義和極右翼主宰政治議程，我們忽略了真正相關議題的討論。他們給我們主題，我們乖順做出可預期的回應。《監督者》（Monitor）這個節目對二〇一六年德國第一電視台（ARD）與第二電視台（ZDF）的所有政治性談話節目進行調查，結果顯示，全部一百四十一個節目中，有超過一半以上的節目涉及難民、難民政策、伊斯蘭教、暴力以及

恐怖主義、民粹主義和右翼民粹主義。廢除煤炭或核能、教育政策或成為世界各地新聞頭條的廢氣排放醜聞則從未被討論過。[10]

因此，當越來越多年輕人走上街頭，抗議右翼對民眾注意力的獨裁，抗議向這種獨裁屈服的政府官員時，關於氣候、環境、教育、健康、社會與世代正義、保護少數族群權利的相關議題都因為右翼安排的主題優先順序而被忽略，過去與現在皆然。

右翼否認氣候危機不是沒有道理的，因為他們想阻止我們以一種與世界上最貧窮的國家及人民團結一致的方式看待世界，這是有原因的。如果我們認真對待氣候危機，國家利益將無可避免地被這種意識取代，儘管我們由諸多國家、政權與民族組成，但我們這些人類是共同生活在同一個地球上。

那麼該怎麼辦呢？我們該怎麼在面對右翼份子時，不透過我們的回應來被迫強化他們的勢力？我們可以讓他們直接面對他們言論的後果，揭露他們的策略，不相信他們宣稱自己為民喉舌，不採納他們的用詞，不追隨他們的邏輯。我們必須明確表示，我們的政治語言是極右翼「戰鬥聯盟」的戰

場，我們在那裡為我們透過誰的眼鏡看社會、我們認為誰是朋友、外來者或敵人而戰鬥。正如維克多‧克倫佩勒所言，我們不會說著「勝利者的語言而不受罰，我們吸入它並實踐它」。[11]

我們必須停止回應，並且優先考慮那些可以推動社會前進的主題和議程。如果我們只是做出回應，我們就會將政治競賽場留給行動者，而我們則淪為永遠的獵物。在二〇〇四年的一篇文章中，調查記者羅恩‧蘇斯金（Ron Suskind）引用了美國前總統小布希（George W. Bush）的一個政治顧問的一段話：

> 我們是一個帝國，我們的行動塑造了我們的現實。當我們在研究這個現實時……我們將再次行動，創造其他新的現實，你也可以研究它。……我們是歷史的演員……而你們，你們所有人，將只能研究我們所做的事。[12]

你不必成為世界強權也能擁有文化優勢或話語權來決定公眾應該關心什麼。右翼極端份子將自己形塑為「劣勢者」，作為勇敢的、被邊緣化、被排

擠、貧困的、值得同情的代表，意即「小人物」和「真正的人民」。他們創造新的現實，我們跟隨其後，回應，回應，再回應，直到我們忘了自己。

絕對化信念

人……不存在於任何主體中。因為人性不存在於個別的
人當中。
——亞里斯多德（Aristotle）

我認為，要防止重蹈覆轍的危險，最重要的事情是反對
所有集體的盲目至上，透過將集體化問題置於首位來加
強對它的抵抗。
——狄奧多・阿多諾（Theodor W. Adorno）

容忍由此產生的多元化、模稜兩可或不確定性並不是錯
誤，更不是罪惡。誠實的反思表明，這是我們身為人而
非神無可避免要付出的一部分代價。
——斯蒂芬・圖爾明（Stephen Toulmin）

世界不需要類別，是人類需要它。我們建構類別來駕馭這個複雜、矛盾的世界，以某種方式理解它並將它傳達給彼此。

我們需要類別。如果有人試圖不經過濾且不分類地感知這個世界的一切——那些陌生和認識的人、大大小小的動物、氣味和噪音，以及所有湧向我們的資訊，那麼他們將會被刺激淹沒，然後溺斃其中。

我們需要類別。對環境進行編目和分類有助於辨識模式、迅速做出決定，並對當下狀況（例如危險情況）做出反應，我們在這種時候會利用自己很久之前儲存的圖像和資訊。因此，依照類別看待世界是必要的。

然而，我們為理解世界而建構的類別在什麼時候成了牢籠？我們的自由何時成了他人的束縛？

絕對化的信念將類別變成牢籠。絕對化信念指的是我們認為自己那狹隘的、有限的世界觀是完整的、全面的、普世的，亦即相信自己可以理解另一個人的所有複雜性，甚至是整類人的傲慢信念。超過七千萬的人是難民。十九億的人是穆斯林。全

世界有一半的人口是女性。黑人。身障婦女。非洲人。同性戀者。客工。非二元性別的人。

沒有人、沒有單一個人或社會可以聲稱自己無所不知。然而，這種主張卻是存在的，它以人、意識形態、文化為代表，導致了對權力的要求，因而造成壓迫，有時激烈而明顯，有時溫和且微妙。

這種絕對化的信念從何而來？一般而言，人不會有意識地決定鄙視其他特定的人或族群，並剝奪其人性。相反地，所有人是被教育這麼做的，無論我們是這些機制的受害者或受益者。我們被教育我們周圍的牆壁無法移動，因此我們甚至沒有察覺自己的視角受限，而且真的以為它們是如此全面。正如傅柯（Michel Foucault）所言：「有權力之處，就有反抗。」[1]

我們的思維與感知被如此微妙地塑造，以至於大多數時候我們甚至不會注意到它們。美國認知心理學家約翰‧巴吉研究了人們在行為中無意識受到影響的方式，並舉出了幾個頗具說服力的例子，說明人們自我決定與自主行事的想法在某種程度上是一種錯覺。例如，我們對某個人的第一印象與喜好

　　　　　　　　　　我說，所以我存在

程度會受到我們對溫度感知的影響。巴吉描述了一個實驗，在這個實驗中，受試者被一名團隊成員迎接並被帶往實驗室。在前往實驗室的途中，這名團隊成員請受試者幫忙拿一下一杯熱咖啡或冰咖啡，好讓他能空出手來找表格。受試者拿著杯子大約十秒鐘，然後在實驗室中對這名團隊成員做出描述並給出喜愛程度的評價。結果顯示，之前拿著熱咖啡的受試者比拿著冰咖啡的受試者更喜愛這名團員。[2]

另一個例子是建築和城市規劃決定我們在公共空間的行為方式。城市景觀的設計幾乎自動引導我們穿梭在交通規則早已內化的道路上：行人在人行道上，自行車在自行車道上，汽車在馬路上。任何偏離軌道者將會受到懲處。我們從A點到B點被如此嚴格制式化管控，以至於隨著時間的流轉，我們甚至學會忽略我們的天生直覺。

或許直到你帶著年幼孩子出門時，你才會有深切的感受。你的孩子不會有意識地走在「路上」，他根本還沒意識到馬路、人行道和自行車道的差別。同樣讓他覺得奇怪的是，他突然可以（在紅綠燈的燈號轉換時）穿過剛剛還不允許他踏入的同一

條馬路，儘管左右兩邊仍有不斷向他警示的危險車子駛近。我兒子剛滿兩歲時，每當我們穿過大馬路，他都會向駛近的車子伸出手，示意它們「停止」。他得先學會紅綠燈提供的這種本質上荒謬的安全概念，並學會在綠燈時忽略他的感官直覺。

交通規則當然有其意義，但是這不是重點，重點在於我們需要更敏銳地意識到環境的規畫是如何有計畫地影響我們的感知。我們再舉一個城市規劃的例子：所謂的「敵意建築」，其目的是讓觀光景點遠離明顯可見的貧困和社會不公平。你可曾注意過公園長椅的扶手？許多人認為這是頗受歡迎的創新，殊不知這並不是為了他們疲憊的前臂所設想，主要是為了阻止街友在上面睡覺。於是，明顯可見的貧困與缺失這樣的社會現實面便離開了我們的社會系統，自未受其影響的人的視野中消失。城市設計將無家可歸趕出公共區域，而那些有家的人卻絲毫沒注意到這點。

我自己也是在他人提醒之後才注意到這點。同樣地，我一直沒察覺我們的建築對輪椅使用者極度不友善。幾年前，我邀請朋友來參加我的生日聚

　　　　　　　　我說，所以我存在

會，其中包括幾位坐輪椅的朋友。邀請他們之後我才想到要確認他們是否能進入我的公寓。我很緊張，覺得自己太粗心，竟未能對此先行了解。經過一番測量和詢問，我總算鬆了一口氣：是的，他們可以進入公寓並從我家大門進來。但是他們無法使用我們的廁所，最後街上一家旅館同意在需要時提供我們的客人殘障廁所。

對我而言，這次經驗很有教育意義。我再次感受到享有特權意味著什麼。我了解到，光靠善意與個人的努力無法克服我們社會的限制性結構。我們必須捫心自問：我們的世界——我們的城市、我們的基礎建設、我們的建築設施，以及科技、政治、經濟、安全和醫療是為誰設計？

你知道嗎？只有八分之一的女性在心肌梗塞時會伴隨胸痛。一般經常描述的刺痛是男性心肌梗塞的常見徵兆，而女性更常感到的則是噁心或下巴、肩膀和背部疼痛。[3]此外，診斷心肌梗塞的男性並安排醫療平均需要二十分鐘，女性則需要四十至四十五分鐘，亦即兩倍的時間。因此，女性比男性更容易死於心肌梗塞。造成這種差異的原因很簡

單，就是對於男性的心肌梗塞進行過更多的研究。[4]
英國記者和女性主義者卡洛琳·克里亞朵·佩雷茲
（Caroline Criado-Perez）將這個與許多其他領域缺
乏女性數據稱作「性別數據落差」。她認為這種訊
息的缺乏並非偶然，因為我們用來評估生活不同領
域的大部分數據都是透過男性蒐集而來。[5]

當我在一次座談會上舉出不同的心肌梗塞發
作風險時，兩位醫生隨後找我交談。他們說這不正
確，男性和女性的心肌梗塞發作症狀並沒有差別，
他們的反應就像自己的專業受到攻擊一樣。

然而，向一個人展現他和我們所有人的侷限
並不是攻擊。每個人都應該努力去意識到這點，尤
其是那些教育水準高於平均值和具備高專業知識的
人。任何花費多年獲取特定知識的人都應該明白，
要學完知識是不可能的任務。反之，開放地審視我
們存在的結構是個禮物，是一個看見我們與世界其
他部分之間的牆的機會。

國家與宗教的穩定以簡單明瞭的方式表明，

它主要不是靠制度，甚至不是靠權力和暴力，
而是靠著完全不同的東西：受辱者的謙遜。
現在一切都結束了，這個資源幾乎耗盡了，
世界於是動盪不安。

　　——伯恩特・烏利希（Bernd Ulrich）

　　或許命名者會對那些玻璃牆後的人感到好奇
嗎？這些人來自何方，如何相愛、信仰什麼、怎麼
生活、如何感受，他們不感興趣嗎？不，只要他們
對自己感知的絕對化信念保持不變，這種好奇心不
過是被命名者受到檢視的一部分，一種行使權力的
方式。

　　如果他們的好奇心不受制於權力，命名者和被
命名者就會站在平等的基礎上，尊重地相互詢問，
而不是一個人脫衣服，另一個人感興趣地看著，甚
至扯掉受檢視者的衣服，檢查他的身體，還要他張
大嘴巴。

　　某天夜裡，我搭乘往返柏林和漢堡間的夜間火
車，一位年輕白人男子在我身旁坐下，他剛剛參加
了「週五護未來」（Fridays For Future）的活動。

他說他一直熱切關注著我的工作，並問我是否願意為他們即將舉行的會議發表一份聲明。我們聊了起來。過了一會兒，一名年長白人男子加入談話，他問那名年輕人是否屬於任何政黨。年輕人遲疑地回答，然後回問年長男子相同的問題。年長男子避而不答，而是回以一份左派雜誌的名字，他顯然在那裡工作。接著，他轉向我，問道：「你呢？」我說我不屬於任何政黨。「不，你從哪裡來？」他說。「什麼意思？從哪個活動過來的嗎？」我反問，因為剛剛談到這名年輕人參加的那個活動。他搖搖頭，意味深長地笑了笑。「你想知道我來自哪個城市？」一陣靜默。他不為所動地微笑。「你想知道我父母原本來自哪個國家？」我繼續問。年輕男子尷尬地坐回他的座位。年長男子點點頭。我嘆了口氣。「我的父母來自土耳其。」果不其然，他立刻說：「那你呢？你也很傳統、很虔誠吧？」

我惱怒地轉過身去。那名年輕人更縮進他的座位一些。但突然間他坐起身，以周圍的人都能聽到的音量問我：「那麼，你是從哪個活動結束過來的？」

為什麼這名年輕人的問題背後是尊重的好奇，而年長男子的問題卻只能用審查來形容？因為這個年輕人問我的內容和他願意透露自己的部分一樣多。因為他問我問題不是要對我進行分類，而是對我這個人感興趣。他從一開始就以個人身分認識我。如果問題在某方面與我們的談話相關，例如假設我們談論的是多語，他當然也會問我父母和祖父母的事。然而，年長男子就只是想證實他對「像我這樣的女人」的先入之見。

　　好奇不是好奇。類別不是類別。正是絕對化信念造成這種差異。正是絕對化信念使得好奇的對象失去了人性。

　　伊斯蘭及阿拉伯學家湯瑪斯‧包爾（Thomas Bauer）將這種信念稱為「普遍化的野心」，這與「觀點意識」相互對立。他的靈感來自尼采的說法，亦即我們只能主觀、而非客觀地看待事物，但是「客觀性」只能透過多樣化的觀點來實現。[6]尼采認為，將自己的觀點強加於他人是一種「可笑的不謙卑」。[7]

　　然而，我們該如何將這些想法付諸實現？我們

怎麼用其他觀點豐富現有的知識？我們要如何才能使從一開始就包含不同觀點的思考過程與認知過程變得可行？包爾在此提出了「文化歧義」的概念作為解方，並給了如下的定義：

> 當兩個相反或至少兩個彼此競爭、截然不同的涵義，在一段較長的時間內被分派給一個術語、一個行動過程或一個對象；當一個社會群體同時從對立或強烈分歧的話語中得出支配生活特定方面的規範和意義；或者當一個現象的不同解釋在一個群體中同時被接受，而這些解釋沒有一個可以聲稱具有排他性，這時就存在著文化歧義現象。[8]

包爾認為歐洲歷史中的文藝復興正是這樣的例子，當時對遠古異教的讚賞甚少被視為與基督教相互矛盾。阿拉伯社會展現出大量文化歧義寬容的例子，例如十二至十九世紀之間的中東文學，成功發揮的歧義性和語言的閃耀特質是藝術才華和博學的證明。

包爾以信奉基督教的黎巴嫩學者及詩人納希

夫·亞齊吉（Nasif Al-Yazidji）為例，他的文學歧義性遭受同時代的萊比錫阿拉伯學家海因里希·萊伯里希特·弗萊舍（Heinrich Leberecht Fleischer）批評。包爾認為弗萊舍的批評不單是現代西方對歧義性的偏見，也是西方「普遍化野心」的典型例子。[9]

> 謝赫納希夫·亞齊吉（Sheikh Nasif al-Yazidji）是他那個時代（十九世紀）阿拉伯文學最重要的代表之一。他是希臘天主教徒，對西方抱持非常開放的態度。然而，他在寫作和學術方面堅定不移地延續了古典傳統，這讓弗萊舍等西方作家非常苦惱。他們基本上讚賞亞齊吉，但是他們認為他對傳統的堅持是個嚴重的錯誤。弗萊舍認為亞齊吉的主要問題在於他非常喜歡模稜兩可，或者，正如弗萊舍所描述的是「毫無結果的藝術遊戲」，這是亞齊吉所有作品的特徵。[10]

然而，包爾描述的歧義不僅涉及不同的詞意。尤其令人著迷的是我們如何將人們貼標籤的問題。

我們在德語中會將誰稱作「外國人」？杜登

（Duden）字典對這個詞彙的定義如下：不屬於自己國家的民族、來自別的地方的人。

但是，我們怎麼知道哪個人來自「別的地方」？在普遍的認知中，這種確定性主要是根據對語言、服裝或容貌的感知而產生。人們被稱為外國人，因為他們看起來或聽起來就是如此。命名、分類就這麼完成了，被貼標籤者沒有話語權。

我們能夠想像一個不同的將人貼標籤的過程嗎？

包爾描述了一個據說發生在一四○○年的對話，對話者是歷史學家赫勒敦（Ibn Khaldun）和馬穆魯克蘇丹帖木兒（Tamerlane）。在一次接見中，帖木兒問赫勒敦他能為他做些什麼。

赫勒敦（回答）：「在這個國家，我是兩個地方的『外國人』，一個是我出生成長的馬格里布，另一個是我周圍的人所在的地方開羅。現在我在你的影子的範圍內，我請求你告訴我要如何在這個異國獲得熟悉感。」

「告訴我你想要什麼？」帖木兒回答，

「我會為你做的。」

「這種異地感讓我忘記自己想要的是什麼。」赫勒敦接著說。「但是也許你——願神賜予你力量——可以告訴我我想要什麼。」

赫勒敦並不是因為他在大馬士革，所以是外國人，而是因為他「不」在突尼斯和開羅。這就是為什麼他不談大馬士革的異地感，而是談突尼斯和開羅的異地感。因此，這種異地感是雙重的。[11]

值得注意的是，異地感並非簡單的由外人定義歸因，而是由當事人自己描述。這點在包爾提的另一個例子更為清楚。一三二五年，法學家兼旅行家伊本·巴圖塔（Ibn Battuta）搭船抵達離家鄉丹吉爾不遠的突尼斯。這兩座城市有著相似的文化，說的是同一種語言。他到達時，沒有人向他打招呼，這種異地感就要將他淹沒。他在他的遊記裡寫道：

現在大家彼此走近，互相打招呼，只有我沒有人打招呼，因為沒有人認識我。這令人感受到心靈的疼痛，我忍不住流下眼淚，痛哭了

一場。此時，一個朝聖者注意到我的感受，轉身向我打招呼，並且用他的陪伴安慰我。[12]

　　伊本‧巴圖塔的祕書在這本遊記中增添了另一位學者的記述。這位旅人也來到一個無人問候、歡迎的地方。與伊本‧巴圖塔的情況類似，這引起了某個人的注意，這個人衝向他說：「當我看到你站在人群之外，沒有人對你打招呼時，就察覺到你是外地人，我想讓你在我的陪伴下得到慰藉。」包爾總結道：

　　在這裡，異鄉人的異地感也被友善克服或至少減輕了。由此可見，古典阿拉伯文明並不是將異地感視為出身、血統、種族或語言的標誌，而是個人內心的一種情感需求。因此，它也不是永久性的標記，而是一個基本上可以克服的情況。最重要的是，異地感的考量對象是那個自己感受到如此的人。（……）外地人有異地感並不是因為他來自外地、因為外表不同而沒有歸屬感。[13]

這是否可以成為一種說話模式，我們在其中可以納入我們正在與之交談與談論的人的觀點，以使他們在講話時保有自主權？如此一來，任何人都不會受制於另一個人的絕對權力和主權。

一個人當然可以用「黑人男子」或「戴頭巾的女子」來形容。惟有當標籤長期成為這些人的唯一標示時，標籤才會成為問題，即使明明還有其他的感知層次能使用。

想像一場男性占少數的女權會議，他們在整個會議中被統稱為「男人」，沒有個別特質，大家將他們彼此搞混，他們就如此一直只被以性別代表。

想像一個國際公司的聚會，與會人士來自世界各國，德國人占少數，他們在整個聚會期間被統稱為「德國人」，沒有個別特質，大家將他們彼此搞混，他們就如此一直只被以（所謂的）出身代表。

想像一下，這種經驗並非侷限於少數及暫時性的情況，而是持續一輩子。

語言博物館是否可能不一樣？沒有制定不容質疑的規範的命名者，因為所有人同時是命名者及被命名者？在裡面，所有人都有機會以一種讓他人透

過他們的眼睛看世界的方式來發言？一個所有人都
能自由發言的地方？

　　然而，一個學會透過他人眼睛來看待自己的
人，怎麼樣才能既找到自己的視角，又將它清楚表
達呢？

　　我們要怎麼樣才能**自由地**說話？

　　　　　　　　　　　　　我說‧所以我存在

絕對化信念

自由地說話

過去曾有個男人寄了死亡威脅信給我。我那時候二十出頭，是一家德國日報的專欄作家。我文章下方的評論區是仇恨言論發表者最喜歡出沒的地方。

所以，當我第一次在收件匣中發現死亡威脅信時，我並不驚訝。嗯，那算是交易的一部分，任何寫作者都會遭受威脅。編輯們驚慌失措，把我帶到警察局；警察聳聳肩，把我送回家。當時公職人員對網路的熟悉程度遠不如今天。

另一方面，我覺得這封威脅信很有意思。它總共有兩頁，在前半頁的篇幅裡，寫信者向我詳細解釋為什麼他這個「俄羅斯德國人」比我這個「德國土耳其人」更德國。他的祖父曾為德國服役和戰鬥，總之，他家人在德國的時間比我長得多。然後是他計劃怎麼置我於死地的細節。真是有趣。

半年後，我剛結婚，寫了一篇關於愛情的專欄文章，其中沒有涉及任何政治與社會意涵，至少不是刻意為之。文章內容是關於一個土耳其傳統。根據這個傳統，當一個男人想求婚時，他和他的家人會拜訪準新娘的家人，女方會為每個人提供放了糖

的咖啡，只有這名男人的咖啡裡放的不是糖，而是鹽。其他人開心地飲用加糖的咖啡時，他們會樂呵呵地看著準新郎眉頭不皺一下地吞下鹹咖啡作為他愛的證明。

文章發表之後，我收到許多祝賀訊息，其中一封來自前述死亡威脅信的寫信者。首先，他說他的第一封信可能嚇到我了。可能有一點點吧，我想，同時第一次意識到像我這樣在情感上將死亡威脅正常化有多麼瘋狂。然後他道歉了。他繼續寫道，他透過我的文章了解到我也是一個人。真是太好了，我心想。他本來可以早點想到這一點。

究竟發生了什麼事？一個在幾個月前還對我傳送暴力恐嚇的男人，現在卻在我身上看出我的「人性」？是一個愛情故事做到了：這是一個沒有善惡之分、沒有指控與辯解的故事，一個「人」的故事，一個我不受審查、沒有解釋自己的故事。我完全按照我會告訴朋友的方式寫下這篇文章，我沒有在這篇文章中尋求未被貼標籤者的理解。我只是以一個年輕女人的身分書寫愛情。

這個故事創造了另一個空間，將人性面孔放在

被仇恨者身上。因此，仇恨者在被仇恨者面前認出了自己，他在自己身上看到了一些他沒料想到會在那裡發現的東西，然後透過我的眼睛看到自己，發現自己是個仇恨者。

正是「他人」的去人性化讓我們能夠憎恨他人。粗俗的言語、片面的圖像，以及將人類命運強烈抽象化的場景、數字和論文造成了這一切，個人命運在這其中消失，變得不可見。我們對彼此的看法就這麼被改變了。我們一起存在於這個世界，卻同時處於一種恍惚中。我們設法以這種方式將人們抽象化。我們看，卻變得視而不見。

學校通常是年輕人體驗多元化作為現實的所在，而非抽象的場景。校園裡並不是沒有種族主義存在，只是它們在抽象的道路上設置了障礙，也就是「個人」。

一個朋友曾告訴過我她八〇年代的學校經歷。當地一名著名納粹份子的兒子和她在同一個班上。有天，他和他的小團體站在校門口，把學生們分成兩種人：「外國人」走左邊，「德國人」走右邊。當我的朋友，一個嬌弱的黑人女孩站在他面前時，

他把她送往右邊，「德國人」那邊。

「你為什麼不是把我分到左邊『外國人』那邊？」她問他。「喔，」他說著並揮揮手，「我認識你啊。」

他無法將她抽象化，因為他天天看見她，他「不能」再對她視而不見。

有時這能奏效，個人境遇可能可以對抗抽象、模糊的恐懼。這種現象被稱為「接觸假設」[1]，據說經常與他人相遇均有助於打破偏見，無論是一個種族、宗教、社會或任何其他團體。就我的個人經驗來說，它經常發揮功效：個人接觸可以讓一個人看到另一個人。

然而，我也有過「接觸假設」失敗的經歷。我嘗過說話不被聽見的滋味，也有過站在一個人面前，望著他的眼睛，卻被無視的體驗。

我永遠不會忘記一次深刻的經驗。我在某次會議上碰到了一個人，她一再公開對我這種女人發表充滿仇恨的評論。我找她談話，因為在我內心某處懷著一絲希望，亦即面對面交談至少可以使辯論不那麼劍拔弩張。這不是我第一次遇到這樣的情況，

我說，所以我存在

但在過去，每當我們雙方對看時，總會看到抽象背後的那個人。是的，我們在基本問題上依然存在分歧，或許我們因為各種原因不喜歡對方，但可以作為人彼此尊重。批判，疏離，但保持公平，認清楚這裡站著一個人，和我一樣脆弱。

可是這個人並沒有把我看作「一個人」。她看著我，卻沒有看到我。她聽著我，卻沒有聽到我。我感到一股前所未有的恐懼與無助，花了幾天時間才從這次遭遇中恢復過來。

對我發出死亡威脅的那個男人一開始之所以能這麼做，是因為他沒有把我看作一個人，而是看作他抽象恐懼的化身。我的存在是他恐懼的投射，我的身體使無形變成有形，我就是他厭惡的活生生的象徵。

但是他突然道歉了。即使在今天，我仍會想起面紗在他眼前揭開的一刻，他不僅看到了我，看到了人們，還看到了他自己，看到了他自己的臉，那張仇恨者的臉。

這是我作為寫作者學到的第一課。作為人，作為人而寫作。

然而，我花了許多年才真正理解這一課。多年來，我參與的辯論與座談使我疲憊不堪，並耗盡了我的精力，而且在此期間成為去人性化系統的一部分，而不僅僅是一個人。

　　作家奇瑪曼達‧恩格茲‧阿迪契（Chimamanda Ngozi Adichie）在她的演講「單一故事的危險性」（The Danger of the Single Story）中，描述了當整個大陸被簡化為單一故事時會發生什麼事。這個故事以費達（Fide）作為開端，他是一個在她家工作的年輕人，她小時候一直認為他是「可憐的費達」。某一天，她去村裡拜訪他和他的家人，看到了他全然不同的一面。他不再是「可憐的費達」，而是遠多於此，原來他來自一個熱愛生活、喜歡音樂的家庭。

　　多年後，她到美國求學，又一次經歷了「可憐的費達」的故事，只是主角換人。這一次是她，奇瑪曼達，一個來自學者家庭的女兒，她在大學宿舍室友的眼中只是一個來自「貧窮」非洲大陸的可憐女孩。又過了幾年，現在她是美國大學的講師，出版了好幾本書。她的一個學生向她解釋說，他對非

洲父親如此暴力感到非常遺憾，他指的是她其中一本小說中的角色。她嘆息地回答道，我最近也剛讀完一本名為《美國殺人魔》（*American Psycho*）的書，我覺得這麼多美國年輕人成為連續殺人犯真是令人難過。

幾乎不會有人從《美國殺人魔》這樣的小說、恐怖片或驚悚片來概括整個美國社會。人們對這個社會的觀點是多面向的，拜美國電影、影集、音樂與文學之賜，全世界數百萬人都曉得在那裡出生、生活與死去是什麼感覺。我們對這種文化和社會有著豐富、多維的理解，我們知道的不只是一個故事，而是很多。

「刻板印象的問題不在於它們不真實，而在於它們不完整，它們讓一個故事成為唯一的故事。」阿迪契解釋道。如果唯一的故事主導了整個人群的認知，那麼這些人就不再作為個體存在。以類別來定義人不一定是錯的，但是並不完整。一個事實變成了唯一的事實。[2]

要展現單一故事帶來的危險的最好方法是反向操作，讓貼標籤的人被貼上標籤：

老白男是性別歧視者。

作為導演、政治人物、醫生、

公務員、教授和老師，

他們利用自己的權力地位來傷害他人。

白人男性有戀童癖，

他們誘拐孩童，將他們鎖在地下室。

即使作為神職人員，他們也會性侵小男孩。

白人老人照護者很貪財，

他們用枕頭殺死老婦人以獲取她們的遺產。

白人警察是極右翼份子。

白人政治人物撒謊，他們騙取博士學位。

有錢的白人是國家的負擔，

他們利用稅收漏洞竊取國家資金。

白人是種族主義者，

他們以人為方式將人區分為種族類別，

根據他們的虛構定義來評斷他們。

他們在各大洲建立殖民地，

奴役並綁架人民，掠奪後者的土地與礦產資源。

當那些受影響的人反擊種族主義時，

他們指責他們分裂社會。

當一個人對另一個人解釋何謂「真實」時，

他其實在要求對方的服從。

——溫貝托・馬圖拉納（Humberto Maturana）

請你捫心自問：德國流傳哪些關於邊緣化少數群體的事實？描述黑人的兒子、移民的父親和穆斯林的祖母的多樣化程度為何？

當媒體總是以去人性化、嚴重扭曲、充滿刻板印象、負面的故事來影響我們的感知時，我們怎麼可能在一個人身上看到「一個人」呢？

於是，有些人就這樣在刻板印象的狹窄外殼裡成長，並蜷居其中有窒息的危險；另一些人則反抗，並像幽靈般遊蕩在一個害怕他們的社會裡。如果你作為一個人不為自己說話，你就等於不存在。只有刻板印象活著。

在做研究的過程中，我遇見了一個聰明的土耳

其中年婦人──卡姐・阿布拉（Kader Abla）[3]，她對我講述了一件至今仍讓我陷入深思的事情：

卡姐・阿布拉不會說德語。她會說好幾種語言，但是不會德語。她很聰明，博覽群書，雖然不是按照他人標準的那種。她十分自信，這激怒了那些認為她沒受過教育的人，他們覺得這兩者根本搭不起來。當其他人看到她時看到了頭巾，想知道她的自信從何而來。

她的養子患有心臟病。當醫生進入她養子的病房時，他環顧四周，然後和房間裡的其他人談論她的養子，而不是和她這個養母。卡姐與自己搏鬥著。她的內心沸騰。她伸手想抓取那些從她指縫中溜走的句子，並掙扎於那些不符合她感受的不熟悉詞彙。

沉默。

然後，慢慢地，她將身體往前傾，直視醫生的臉說：

「我是隱形的。」

醫生慚愧不已。

當她說出「我」的那一刻，她就變得可見了。

她變成了她自己。

　　卡妲‧阿布拉的經歷再次向我揭示了語言的力量。藉由說話，她從一個簡單的輪廓變成一個人。她迫使她的對話者感受到她的存在，只要她保持沉默，她就是一個沒有故事的身體，一個展示品。

　　非裔美國作家詹姆斯‧鮑德溫在一九五一年拜訪了瑞士阿爾卑斯山的一個小村莊。他描述了當地人對他的反應，他是他們見過的第一個黑人。他對他們微笑，他寫道，因為美國的黑人被教導要讓別人喜歡他們。但是，微笑沒有用：

　　　畢竟一個人在他的份量和複雜性不能或尚未被承認的狀況下，他是無法讓人喜歡的。我的微笑只是一種全新的、前所未見的現象，這讓他人看見我的牙齒。他們根本沒看見我的微笑，我開始相信，如果我不是微笑，而是開始咆哮，也沒有人會注意到任何不同。[4]

　　村民無法認出他是一個人，這使他們無法欣賞微笑這個通用語言。教師及教育活動家葛羅莉亞‧博阿騰（Gloria Boateng）在漢堡大學當外語記者，

她報導了該大學的一件事。有天，她比平日早到辦公室，一位在同一樓層工作的年輕同事和她打招呼：「您今天來晚了。」

他將她和黑人清潔女工搞混了。那名同事幾個月來每天早上都會見到她，但他顯然沒有將她當作一個人看待，因為他無法認出他的大學同事。一個人對此該如何反應？當這種情況不是發生一次，而是不斷反覆出現，一個人應該如何反應？因為去人性化是系統性的，並且有一個名稱——種族主義。博阿騰當時以以下這些話結束對話：「喔，沒問題，我很多才多藝。我也能幫您打掃辦公室，只要一通電話就夠了，只是我不知道您是否能負擔得起我的鐘點費。」[5]

我為什麼寫作？
因為我必須。
因為我的聲音，
在它所有的方言中，
已經沉默太久。

——雅各布・山姆－拉羅斯（Jacob Sam-La Rose）

藝術家兼學者基隆巴說這首是她最喜歡的詩。對她而言，這首詩說明了寫作是一個「成為」的過程：透過寫作，我成為一個敘述者、一個描述者、一個我自己故事的作者。我讓自己變成和殖民項目預設的人完全相反。我是作者，是自己實際的權威。[6]

然而，一個人怎麼成功地以自己「真正」說話的方式說話、以自己「成為」的方式寫作呢？他怎麼存在於一個不將他設想為說話者、不是為他設計的語言之中？他怎麼不受審查地說話？他如何不從他人角度描述自己地說話？

在一個涼爽多雨的午後，我坐在德國一家大報社的主編辦公室。我們討論一個可能的政治專欄。「我能寫些什麼？」我問。「什麼都能寫。」他回答。「什麼都能寫？」我追問。「什麼都能寫。」他重複道。我開始試探這個**什麼**的極限。「經濟政策？」「可以。」「愛情？」「可以。」「藝術？體育？」他打斷我：「是的，庫布拉，什麼都可

以。」

我在他的辦公室裡愣住了，感到不知所措。「我覺得自己就像一隻在籠子裡生活了很多年的鳥。」停頓了很久之後，我告訴他，「現在門打開了，而我發現自己已經忘了怎麼飛。」

作為一個人，作為一個個體，你如何「自由地」說話？我不知道，所以我暫時三緘其口。

沉默意味著逃離我所處的各種單一語言的牢籠。我想在它們之外感知自己。我想用多種語言和觀點來體驗自己、深入了解自己。我想在無需解釋自己的狀況下體驗靈性。我想要可以做「我」。

所以我試圖透過自己的感知找到回歸語言的方法，試圖為這次經歷找出詞語，為新的感知創造空間。不是為了向別人解釋自己，而是為了追求表達的自由，為了我自己。不是被理解，而是存在。

嘗試尋找一種新的語言可能會令人不知所措，因為新事物可能令人恐懼，未知會令人感到超出負荷。但是我也發現，如果創造一個它可以發展的空間，一種新語言就會在突然之間成為可能。某天晚上，三個穆斯林朋友（一個企業家、一個詩人和

　　　　　　　　我說，所以我存在

一個律師）來拜訪我，我們就彼此的信仰和靈性進行了深入的討論。當我們的話題涉及伊斯蘭與頭巾時，我們以一種罕見的親密交談著。我們的信仰建立在我們可以表達歧異的基礎上，我們因外在世界的經驗、我們的年齡、身為女性、創造力、對社會活動的投入而連繫在一起。我們都沒有受到審查。這是一次令人崇敬的談話。

當晚準備在門口道別時，我提議我們可以在網路觀眾面前進行這次談話。於是我們又回到客廳坐下，開啟Instagram的直播功能，然後繼續交談。觀眾人數每分鐘都在增加，到了凌晨一點，已經有六百多人在聽我們講話並參與討論。

我們都不是以穆斯林婦女、戴頭巾者或具移民背景者的身分發言。詩人朋友談她如何透過詩表達自己的信仰並賦予自己和他人權力，企業家朋友則談到踏上新的職業之路。觀眾提出問題，和我們一起思考，分享他們的經驗。作為具有移民背景的人、被邊緣化的少數族群，將我們連結在一起的不僅僅是被排斥，而是我們的經驗、我們的興趣、我們的熱情和我們的夢想。

這就是我多年來夢寐以求的新語言。和那些不強迫我讓自己被理解的人交談，將他們的觀點添加到我的故事和想法中，和那些我不必證明自己歸屬的人交談。

　　自由發言預設了一個人的存在、人性和生存權不受威脅，不需要去捍衛或證明什麼。自由發言還意味著說話時要表現得彷彿每個聽眾都能理解你自己的觀點，或者，用越南裔美國作家阮越清（Viet Thanh Nguyen）的話來說：

> 　　來自少數族群的作家，寫作時要表現得好像你是多數族群一樣。不解釋。不迎合。不翻譯。不道歉。假設每個人都知道你在說什麼，就像多數族群表現得那樣。以多數族群的特權來寫作，但也帶著少數族群的謙遜。為什麼要帶著少數族群的謙遜？因為被羞辱的人通常沒有學會何謂謙遜。因此，當無權勢者一旦掌握了權力，往往會濫用權力。不要變得和多數族群一樣。要變得更好、更聰明。謙虛，但依然有自信。[7]

自由發言意味著我們從一種不是為我們預設的語言中解放出來，透過改變它，而非解釋我們自己，透過以不同方式使用它來融入其中。

「阿爾曼」（Alman）④、「卡納克學人」（Kanakademic）[8]或「批判的馬鈴薯主義」[9]，你會在《卡拉卡雅說》（*Karakaya Talk*）節目中[10]聽到來賓和主持人說起這些詞彙，這個節目自二〇一八年以來豐富了德國的數位電視生態。有時候來賓和主持人半開玩笑地說起這些詞彙，但是他們多數時候是理所當然且真誠地提及。這些詞彙帶有對世界的特定觀點，亦即被邊緣化族群的觀點，不然這些人通常就只被當作觀察的對象。

這個節目之所以與眾不同，不僅是因為它為其他聲音提供了一個平台，更因為這些聲音在那裡發聲時不用努力解釋自己的存在並讓自己被理解。這

---

④ 譯注：Alman，土耳其語的「德國人」。

種態度本身就是一種解放的行為。節目發想者、製作人及主持人艾絲拉·卡拉卡雅（Esra Karakaya）透過和她的對話者互動，與他們平等地交談來達到為他們的思想、個性和脆弱提供一個空間的目的。

在她的第一集節目中，她談到一家大型糖果製造商備受爭議的廣告，廣告中可以看到一個戴頭巾的模特兒。而她邀請的來賓不是只有「一位」戴頭巾，也不是「兩位」、「三位」，而是她「只」邀請了戴頭巾的來賓，這就是為什麼沒有來賓有必須代表戴頭巾女性的壓力。相反地，所有人都以具有專業背景和知識的獨立個體出現。

當我問卡拉卡雅，這個節目作為另一種說話形式和語言的空間，對她而言有什麼意義？她回答：

　　首先我想到的是誠實。我想要以我真正的樣子自然地存在於一個空間裡。我就是這麼說話！我知道這裡沒有人在我之上，我不必依賴任何人，我們制定了框架，我們制定了規則，制定了讓我舒服的框架，而我也感到舒服。當我使用俚語、說著卡納克語時，我想要感到自

我說，所以我存在

在。這是一種自由。這是一種很棒的感覺，坐在那裡，發現人們以一種特別的方式交談，而且你知道你永遠不可能在麥斯伯格的談話節目⑤上這麼說話，因為他們會剃光你，從中剖開你，否認你的某些東西，並藉此讓你變得更渺小。光是知道我們可以做我們想做的事，說我們想說的話就讓人很開心。這是一種療癒！自由與療癒。

當我在二○一六年看《月光下的藍色男孩》（*Moonlight*）這部描述一個美國男同性戀者生活的電影時，很多場景我都看不懂。我缺乏知識與背景，我既不是黑人，也不是同性戀者，更不是男人，而且我不住在美國。儘管如此，這部電影給我留下了深刻的印象，因為它向我展示了我不知道的事物，並且透過以某種先見之明的方式講述故事，向我傳達了我的侷限性，這部電影預設了有些事情

---

⑤ 譯注：德國的每週性政論節目，以節目主持人珊德拉‧麥斯伯格（Sandra Maischberger）的名字命名

是我不了解的。

然而，我只注意到了這點，因為我習慣解碼美國電影，可以很容易理解美國白人男性的生活，包括所有的文化背景。那是為什麼呢？（而且為什麼在這本書中提到如此多美國書籍和電影、美國政治和社會？）原因很簡單，因為這個世界已經以美國白人男性的角度向我們展示了數百萬次，我們習慣透過他們的視角來看待女性、兒童、自然、非白人、其他國家、各大洲，最終是我們自己。正如鄉下人習慣用都市人的眼光看世界，西德人眼中的東德人，男人眼中的女人，富人眼中的窮人等等。

但是，如果我們僅從一個飽受貧困脅迫者的視角來看待和描述這個社會，會發生什麼樣的變化？關於我們的故事本身將會有什麼改變？我們的社會本身呢？

有人可能會建議，好吧，那麼讓我們改從別人的角度來說故事。然而，正是觀點的持續多樣性才能造成差異。一個「新」故事是一個「例外」，這是不夠的。我們需要從全然不同的視角、並排站在平等的基礎上來看世界。

電視影集《北愛少女》（Derry Girls）描繪了在九〇年代的北愛爾蘭政治衝突下，幾個中學女孩的日常生活。其中一個場景是女孩們共同決定要反抗制服規定，她們希望從此以後都穿自己的外套上學，以表現她們是「獨立的個體」。然而，在隔天早上去上學的途中，卻只有克萊爾（Clare）一個人穿著牛仔外套出現。她憤憤不平地問她的朋友們：

「這是怎麼回事？我以為我們今年都想要成為獨立的個體？」

「我想啊，克萊爾，可是我媽不准。」

「那只有我一個人的話，我也不要獨立了。」克萊爾說，然後脫下她的外套。

我們需要數百萬個能自由發言的人。對於我在本書中提出的問題，我沒有確切的答案，但是我知道這種言論自由的想法接近答案。作為博物館展覽品的我們不再為了讓自己被理解而說話，而是為了做自己而說，只有當我們不用再透過別人的眼睛看自己時，我們才會真的自由了。

男人是他們自己的參考點，

並預設了他們的優勢地位，

然後對社會中的意義進行定義，

並將它強加給那些不認同這些意義的人，

而他們的優勢地位就以犧牲女人為代價來實現。

這種雙重標準的過程——確保無論男人做什麼，

他們都被認為比女人好。

——戴爾‧史班德

　　難免會有反對的聲音出現：如果每個人都站在自己的角度說話，所有故事都充滿預設、不能立刻被所有人了解，人們又怎麼能理解彼此？這種反對意見來自那些從未習慣「不理解」別人的人，因為這就是他們看待世界的視角。然而，對於其他人來說，世界總是很複雜，他們總是說多種語言，他們總是聽到和他們不相似的人的故事。他們可以生活在一個有些事情無法解釋的世界裡。在這個世界裡，不是所有的事情都合乎他們的觀點，他們知道自己的觀點只是眾多觀點中的一個。

　　如果一個白人女性朋友在德國參加一個土耳

其家庭聚會、一場奈及利亞婚禮、一個阿富汗的身體彩繪之夜，或其他白人在其中顯得突兀的派對或活動，大家通常會照顧她。他們會向她解釋不成文的規定，將她介紹給其他賓客，確保她感覺賓至如歸、不會犯錯。這不僅僅是熱情好客，這個行為背後還有對差異性和個人觀點侷限性的認知，一種對不同生活環境的了解，以及需要解釋自己、翻譯自己生活環境，並使其適應主流社會觀點的經驗已經習慣成自然。有時在這種情況下，所有注意力都會轉移到一個白人和其幸福上。有些人在這個白人面前會有不同表現，因為他們現在被「觀察」，可能被「評估」、「判定」。白人女性朋友成為旁觀者，沒有機會以自己的觀點感受到身處少數群體中的挑戰，並意識到自己的侷限性。

相反地，當我是唯一明顯的非白人時，大家總是認為我沒事的，我很快就會明白一切，並搞清楚規則不犯錯。對此我覺得沒問題，因為我知道自己知識和感知的侷限性，我們這些其他人學會了這種技能。這是一份禮物。

製片人及作家卡爾蒂娜‧理查森（Kartina

Richardson）在她的論文《美國白人如何能自由？》
（*How Can White Americans Be Free?*）中表示，白
人標準規範的這個事實也剝奪了白人的個性。她問
道：「白人如何能自由地承受痛苦，又不忘記這個
國家的暴力不公，以及白人神話給黑人和棕色人種
的自我理解帶來的巨大負擔？[11]一個相對享有特權
的人要怎麼表達他個人的痛苦，而不會被那些因
其特權而受壓迫的人認為無關緊要？」理查森知道
「擔心特權階級的痛苦可能得不到重視」這番話聽
起來極其荒謬，但是她的問題很重要，因為它表明
了規範怎麼禁錮那些從中得利的人。

　　一天晚上，一個白人作家在一場作品朗讀會之
後對著滿場的有色人種作家說：「你們就是未來，
你們其實有一些關於堅持和意義的東西可講。」
她的口氣不是忌妒，而是誠摯且充滿希望。[12]事實
上，我記得我在另一場朗讀會時也有過類似的想
法。當時，一位得獎的德國女作家朗讀著她最新的
文章，文章寫得細膩巧妙，我記得內容關於數字和
動物。我被迷住了幾分鐘，但後來開始感到無聊。
對我而言，它缺乏緊迫感。接著，輪到在戰前逃離

　　　　　　　　　　　我說，所以我存在

敘利亞、現居斯德哥爾摩的巴勒斯坦詩人加亞斯·阿爾馬洪（Ghayath Almadhoun）朗讀。儘管大多數聽眾只能透過翻譯來理解他的每句話，但是這些話有巨大的衝擊，他的影像一直在腦海中徘徊：「為什麼難民會溺水？為什麼他們在嚥下最後一口氣之後會漂浮在水面上？為什麼不是發生相反的狀況？為什麼人不是活著時浮在水面上，死了沉下去？」他在一首詩中問道。[13]

面對他的藝術，她的藝術會失去意義嗎？在一個她的觀點得到認可而他的觀點被邊緣化的世界裡，是的。但是，另一個世界也是可能的，一個兩者可以作為不同觀點在平等基礎上共存的世界，一個他可以自由思考平凡瑣事，而她可以描述她的痛苦而不顯得無知的世界。

然而，我們還沒有生活在這樣的世界裡。我們還沒有生活在真正承認所有人的人性的結構中，在這種結構中，一個人的觀點不會對另一個人的觀點構成威脅。只有當我們放棄我們的絕對性主張、沒有任何觀點凌駕於其他觀點之上，迫使所有其他觀點隸屬其下並壓制它們的時候，只有這樣，所有人

才能暢所欲言，無論其出身、種族、身體、宗教、性向、性別、國籍為何。只有這樣，我們所有人才能成為我們自己。

一種新的說話方式

愛麗絲：「請你告訴我，我應該從這裡走哪條路？」
「這在很大程度上取決於你想去哪裡。」貓說。
——路易斯・卡羅（Lewis Carroll），
《愛麗絲夢遊仙境》

我想問你三個問題。你未來也想生活在一個多元的社會裡嗎？如果是，你願意在平等的基礎上和其他人平起平坐嗎？在一個多元的社會中平等共處具體意味著什麼？

與所有之前不得入座的人共坐一桌意味著什麼？

社會學家阿拉丁・艾爾－瑪法拉尼（Aladin El-Mafaalani）將桌子的比喻應用於當今的社會衝突。與一九六〇年代相比，現在對性別歧視的討論更多，但並不是因為事情比以前更糟，而是隨著女性在社會、政治和經濟上的進步，她們的要求越來越高。她們希望受到**真正**公平的對待，希望獲得同等報酬，希望別人尊重她們、她們的身體、她們的工作和她們的智慧。或者，拿移民這個話題來說吧，根據艾爾－瑪法拉尼的比喻，第一代移民不是坐在餐桌邊，而是坐在地板上或一張臨時小桌子旁。移民的第二代，亦即他們的孩子，其中一些在德國出生或社會化，逐漸占據了餐桌的位置並分享食物。移民的第三代則希望和其他同桌者共同決定要吃什麼，並對餐桌規則提出質疑。

這一代人對社會的要求增加，這也增加了衝突的可能性。[1]一個在學校打掃的戴頭巾女子不會引發根本性的辯論，但一個想在學校教書的戴頭巾女子則被認為是個問題。[2]艾爾一瑪法拉尼認為，這種矛盾在於「成功融入……（提高了）衝突的可能性，因為包容、平權或參與機會的增加並不會使生活方式同質化，而是異質化；不是為了讓社會更加和諧、更有共識，而是導致更多異議和重新協商」。[3]共同語言透過參與而改變了。[4]

當新來的人坐在餐桌旁，但是對他們得到的服務不滿意時，可能會有人說他們厚顏無恥。「他們應該感謝能坐在餐桌旁！如果你不喜歡這裡，你為什麼不回去你的地方？」[5]說出這種話的人表達了一種基本的種族主義態度，有悖於《基本法》的理念。歸屬感取決於你是否滿足某些條件，而這些條件並非適用於所有人。「如果你想要享有相同的權利，你必須舉止合宜。」

但是，為什麼？為什麼一個女人就應該默默感激並滿足於能得到一份管理職的工作，而不是像處於相同職位的男人那樣去尋求改善並改變企業的結

　　　　　　　　　　　我說，所以我存在

構？為什麼一個年輕黑人就應該默默感激並滿足於被允許存在於此，而不是像年輕白人那樣提出政治訴求、批評社會並致力於結構變革？

多元也意味著接受少數群體、邊緣化群體以及其所有潛力和所有問題。不要忽視它們或將它們浪漫化，而是共同解決這些問題，因為這些問題不是「他們的」、不是「外面的」、「外國的」問題，而是「我們的」問題。出身迦納的高收入男性醫師和出身義大利的女酒鬼都同樣是其中一份子，教師和失業者、建築師和吸毒者、學者和罪犯、詩人和暴力份子以及激進份子同樣隸屬其中。這並不是因為我們認同失業、毒癮、犯罪或極端主義，而是因為存在我們社會核心的問題讓所有人都負有責任，所有孩子都可能受到影響。將打擊伊斯蘭極端主義視為恰巧擁有相同信仰者的唯一責任是無濟於事的，將打擊右翼極端主義視為恰巧來自同一邦聯者的唯一責任也同樣無濟於事。當然，每種案例的具體情況的確各有不同，但是這些「其他人」既不應獨自負責這些問題，也無法獨力解決問題。是的，他們有責任。是的，整個社會也有責任。只有一起

才能解決問題。

「我們要不實踐我們宣揚的民主，要不就閉上嘴。」非裔美國人權運動家小亞當・克萊頓・鮑威爾（Adam Clayton Powell Jr.）在一九六四年說道。[6]如果我們真的想要在一個多元化社會中平等地生活在一起，我們就不能只出售任何平等與多元化的「幻想」。

要知道這是否是一種「幻想」，可以透過這個問題來做測試：當我們談到「我們的」孩子時，指的是誰？當人們在政治、媒體、教育機構中討論我們的未來時，某些孩子是否被說成好像他們不是「我們的」孩子，而是「別人的」孩子一樣？若是如此，那我們就是在出售一種糟糕的「幻想」。只有當「我們的孩子」意味著所有孩子，我們才能更接近我們的訴求。

這種訴求與現實之間的衝突導致我們在當前關於移民、逃難和融入的討論中所感受到的惱怒，因為我們不想再滿足於幻想。社會學家娜伊卡・佛魯坦（Naika Foroutan）寫道，我們「對開放、開明的訴求……失敗了」：

後移民社會的核心衝突只在表面上與移民有關，衝突實際上是由「談判和接受平等作為現代民主的中心承諾所驅動的」，現代民主將多元化和均等視為基本原則。[7]

　　所以這個時代的大多數衝突其實都與我們理想的體現有關，那些由《基本法》的前輩們所制定的理想。法律之前，人人平等，男女平等。還有，任何人都不得因其性別、血統、種族、語言、祖國及出身、信仰、宗教或政治觀點而遭到虐待或得到厚愛，任何人都不得因其缺陷而遭到不平等待遇。

　　然而，歧視仍然存在，我們每天都在體驗現實與理想之間的遙遠差距。我們可以從中學到什麼？首先，我們的不滿是件好事，這證明我們能夠看到差異並了解還有一條漫長的路要走。其次，如果我們認真看待平等、彼此和平且尊重地共處、永續、正義，那麼我們需要的不僅是零星的小變化，而是真正的文化變革。

　　但是，這樣的文化變革是什麼樣的呢？想像一家以「包容」著稱的公司，而且雇用了一名身障女

性。她具有機動性，坐著輪椅，但是公司大樓沒有坡道，而員工旅遊總是在她無法抵達的地方進行。只要沒有真正的文化變革出現，那些因某種「不同」而被雇用（或展示）在高層職位或代表性職位的人，依然是所謂包容社會的一條遮羞布。每個人都處於社會中間位置並不是文化變革的結束，而只是開始。這是第一步。這是一個先決條件。

這就像一種關係。如果你和一個新的對象成為伴侶，那麼你情感上的開放並不是目標，而是一個先決條件，讓你能更了解對方與自己，還有隨之而來的一切，諸如弱點和強項、特質和錯誤。你們必須在各自的矛盾和複雜中學會認同和愛對方，但是你在此過程中將無可避免地發生變化。這同樣適用於社會，如果我們想創造一種誠實、和平共處的文化，那麼意味著必須改變。我們都將改變。一起。

❖

我的烏托邦一點也不遠

我明白

因為它就好好地在我的腦海中

因而也在我的行動中

我幾乎不相信真理

但相信現實

相信這不再有用

為時已晚

——舒奇（Sookee）⑥

　　改變是無可避免的這個想法讓很多人感到恐懼，它讓我們害怕改變我們的「外國人」，讓我們害怕失去自我。

　　這種恐懼從何而來？這是否與難以承認那些被貼上「外國人」標籤的人的平等權利有關？「女性主義：女人是人的激進觀念。」這是美國作家和女性主義活動家瑪麗‧謝爾（Marie Shear）[8]說過的一句名言。這句話的重點是，真正激進的是我們本應維護的不公正，因為它影響到將與我們一起走向未來的人類同胞，無論以何種方式。

　　真正讓我們害怕的問題是未來會怎麼樣？它

---

⑥ 譯注：德國嘻哈歌手，用音樂為平權與女權發聲。

會是什麼樣子？我們如何塑造它？社會變革引發所有人的恐懼，因為這意味著告別舊事物，迎接不確定的未來。然而，如果沒有人因為膚色、性別、宗教、階級或性向而受到歧視，世界會是何種面貌？一個人們只取自己真正所需的東西的世界？在這個世界裡，他們只消耗地球所能承受的量？在這個世界裡，一個人的富足不是建立在對他人的剝削和去人性化之上？坦白說，不確定。我不知道有這樣的世界，沒有人知道。

然而，在這種情況下唯一可能確定的是，一個更公平的社會不會在某個時候「自行出現」。如果社會和政治正義真的要成為我們的未來，「那麼它將透過人們同心協力的自覺行動來實現。」社會學家艾瑞克·萊特（Erik Olin Wright）如此寫道。[9]如果我們放棄理想必須在各處同時實現的想法，我們「現在」就可以創造自由來開啟空間。我們可以在其中盡我們所能嘗試烏托邦，同時深知嘗試只能在有限程度上獲得成功。[10]萊特稱這些地方為「真正的烏托邦」，並主張放棄一勞永逸創造完美制度，以便從此高枕無憂的幻想。「我們不能放鬆。」他

　　　　　　　　　　我說，所以我存在

寫道，因為符合公正社會的所有理想並能自我糾正的完美制度並不存在，因此它需要不斷的警惕和不斷的學習：「然而，這些價值的實現最終將取決於人類的行動能力，取決於人們參與創造更美好世界的創造性意願、從無可避免的錯誤中學習和大力捍衛已取得的進展。」[11]

因此，我們現在需要的不是規定好的公式，也不是預先咀嚼的簡單答案，而是關於社會未來的包容和透明的討論。不，我指的不是帶有兩極化觀點和強硬立場的電視談話節目，而是其中一方面是共同說話和思考的新形式，另一方面是其他面對未來的問題，尤其是那些我們仍然沒有答案的問題。

現在請你體驗這些問題，
也許漸漸地，在不知不覺中，
在將來的某一天，你就活在問題的答案裡了。
——里爾克（Rainer Maria Rilke）

當我們指出問題時，我們會立刻感到有責任

要提供解決辦法。我了解這種衝動，它決定了我的一生。然而，我們卻沒有探索問題更深層次、系統性的原因。如果我們同時看待這個社會的許多問題和不公正會發生什麼事？它是否會揭示一幅截然不同、闡明它們結構關係的新圖像？

自二〇一八年以來，數以千計、目前已數以百萬計的年輕人將目光投入氣候危機，成為「週五護未來」運動的一份子。他們堅持全面關注這個問題，並且拒絕被象徵性的政治措施安撫。這樣做很正確，也很重要，因為這些象徵性的措施中有許多不過是填補了根基腐朽的系統中的漏洞，從而延緩甚至阻礙它們的更新。這些年輕人現在因為「只是」指出問題，卻未提出政治解決方案而遭受批評，這個事實就是古老態度的象徵：即使在討論社會正義時，那些社會不公的受害者也常常發現自己扮演了破壞者的角色，他們指出不公正，結果自己成了惱人的對象。例如，如果羅姆人談論反吉普賽主義，他們甚至會因為從受影響者的角度進行辯論而遭受攻擊。然而，「任何對抗不平等待遇與排擠的人往往被迫在正因排擠而生的類別中爭論。」記

我說，所以我存在

者卡羅琳・恩可（Carolin Emcke）這麼寫道。[12]

　　質疑傳統、習俗與信仰是年輕人的天賦和責任。在一場逾越節家宴上，一個朋友向我解釋了他的家人在宗教節日保持的一個傳統：孩子們坐在中間，大人們圍坐在旁，孩子們整晚可以盡情問大人們有關信仰、上帝及任何一切的問題。他告訴我，學會提問可以讓孩子和成人的頭腦和智力保持敏銳。在這個我們允許自己被荒謬問題娛樂和分心的時代，提出正確、重要的問題是真正的挑戰。

　　有次我在一個關於女性主義的小組討論會中列舉出各種不當行為時，主持人打斷我：「嗯，現在請說一些正面的東西。有什麼事情是進展不錯的？」

　　我很生氣，因為指出問題不是壞事。重要的是，我們要保持持續辨識不當行為的警戒心，因為我們需要了解症狀背後的結構性原因，而這些原因很難理解。我們需要了解歧視的模式，因為那些模式與反猶太主義、反穆斯林的種族主義、性別歧視、能力歧視互相連結。

　　這正是「交叉性」的主張。非裔美國學者

金柏莉‧威廉斯‧克倫肖（Kimberlé Williams Crenshaw）在一九八〇年代後期引進這個詞，她以黑人女性為例描述了這個問題，她們遭受歧視的經歷可能是由性別歧視、種族歧視以及兩者的結合所造成。然而，只有我們將這些不同型式的歧視放在一起思考，後退幾步綜觀全貌並問問自己這些不當行為有何共同點，如此才能持續對抗歧視。

這種思考需要新的對話空間，但是我們可以在公共場合大聲思考的地方在哪裡？除了固定的、不可改變的立場在談話節目、社群媒體和講台上一再發生衝突，沒有探索其他選擇，沒有懷疑、猶豫和深思的空間，我們還能有什麼選擇？

我們需要的正是猶豫、懷疑、改變想法以及質疑自己立場的可能。我們需要可以真正思考的地方，不是為了展現我們很厲害、懂很多，而是表達我們不懂的東西雖然很多，但願意去探究。

這樣的空間會是什麼模樣？它們如何造就一種新的說話方式？

當我參與以色列影片藝術家及戲劇製作人雅葉‧芭塔娜（Yael Bartana）的作品《如果女人統治

世界會怎樣？》（*What if Women Ruled the World?*）的演出，被邀請上台和其他人討論全球裁軍政策時，那是一個解放的時刻。因為我在這次討論中不是「我」，而是一個虛構人物，我不必擔心其他人如何看待我。這樣的公開討論讓我在之後懷念著這種自由、無拘無束、智力遊戲的樂趣——無憂無慮地這樣放膽思考、激進思考、大聲思考，同時可以分享自己還未想透澈的事情，藉此開啟一個想法，讓另一個人接棒思考。

但是，共同思考究竟要怎麼運作呢？量子物理學家及哲學家大衛‧玻姆（David Bohm）認為，在「真正的對話」中不一定要有贏家：

> 如果有人贏了，所有人都會贏。它背後有一種不同的精神。在對話中，沒有試圖得分或堅持自己立場的企圖。相反地，只要發現任何參與者的錯誤，每個人都會受益。這是一種雙贏的局面。而另一場比賽則有分輸贏——如果我贏了，那你就輸了。但是對話更像是共同參與，我們不是在對話中彼此對抗，而是相互交

流。在對話中，人人都是贏家。[13]

這需要所有參與者放棄自己的絕對主張並承認自己的錯誤。玻姆寫道，一個新的思維方式就是如此發展起來，它建立在一個可以改變和不封閉的意義創造的合作過程上。

我們不再對立，但也不能說我們只是進行單純的互動，而是我們參與到這個能夠共同發展與變化的共同意義中。這個群體在這個發展中沒有預設的目的，儘管在每一刻都可能出現一個可以自由改變的目的。這個群體開始建立一種新的動態關係，其中不排除任何發言者和特定內容。到目前為止，我們才剛開始探索這裡所指意義上的對話的可能性，但是如果我們持續進行下去，不僅會帶來改變人與人之間關係的可能性，甚至在這種關係中產生的意識也會改變。[14]

但是在這種集體思考的過程中，我們對談話對象的觀點的容忍應該是沒有上限的嗎？非裔美國作

　　　　　　　　　我說，所以我存在

家小羅伯特‧瓊斯（Robert Jones, Jr.）制定了一個簡單明確的法則。「我們可以意見不同，但仍彼此相愛，」他寫道，「除非你的不同意源自於對我的人性和存在權利的壓迫與否定。」[15]我們永遠都不應該坐在這樣的桌子旁。如果我們想要共同大聲思考，就需要規則與界限。

當然，基本上你可以問任何問題，但每個人都「必須」在任何情況下回答每個問題嗎？舉例來說，有時候有人會問一些荒謬的問題，像是我淋浴時也戴著頭巾嗎？這種問題是否可以在私人談話中得到回答是一回事，但它絕對不屬於在數百萬名觀眾面前的談話性節目內容。為什麼？因為它將我和其他戴頭巾的女性變成一個物品，最終讓我們成為被嘲笑的對象。我們真的需要討論黑人是否能成為好鄰居嗎？其中的標準應該是問題是否具有社會相關性？它是否具有建設性，以某種方式引導我們往前走？還是說它只是散播恐懼和無助？

這些精心策劃的討論都沒有揭露參與者傳播的仇外心理。反之，仇外心理被賦予存在性與相關性，成為一種意見，而任何持反對意見者都必須就

他們被去人性的「程度」進行談判。如果他們拒絕參加這些遊戲會怎麼樣？那麼就證明他們缺乏討論和批評能力，無法處理不同意見。

✦

我寧願做一個不良女性主義者，
也不願根本不是女性主義者。
——羅珊・蓋伊（Roxane Gay）

戴爾・史班德為她的《鄭重聲明》（*For The Record*）一書彙集其他女性主義者的作品，她在進行撰寫、分類和評論時，給予每個人在書籍出版前反映的機會，亦即在書中做出回應。隨著回信陸續湧入，史班德意識到「許多女性主義理論家盡可能誠實地表達自己的想法並提出說明」，這個行為同時使她們更容易遭受攻擊，並因她們的努力而受到責罵。她學到：

我們根本不該如此嚴厲抨擊我們的姊妹，導致她們退縮，並且在未來避免發表任何冒險

的言論。如果我們認為彼此之間的差異比那些將我們與父權觀念分開的巨大差異更需要譴責，那將是多麼令人痛苦的諷刺。[16]

　　史班德在此並不是主張我們應該避免批評，而是主張應該透過交流而非排擠來塑造善意的談話。對我們共同未來的集體思考真正最需要的是那些具有相同價值觀的人之間的善意，批判性思維並不表示要將自己提升到我們批評的人之上。善意的批評意味著向你的對話者敞開大門，批評也可以包含贊同，唯有如此才能產生對所有人開放的新思維路徑，即使不是人人的觀點都一致。

　　我們是人。我們會犯錯。我們會傷害別人，別人也會傷害我們。但只有當我們不將彼此永遠固定在一個位置上，不讓自己或他人固守僵化的觀點，我們才能一起前進。如果不犯錯，我們永遠學不會走路、說話、閱讀或寫作。唯有透過這些人為錯誤，我們才能了解世界和自己。

　　如果想要實現共同思考，我們就必須學會給予彼此發展與成為自由的可能性，尤其在這個網路時

代，因為在成為人的過程中，我們的每個錯誤、蠢事、脆弱時刻或黑暗面將永遠留存在數位檔案中，人很容易被貶抑至他人性最脆弱的時刻，只因他的事蹟被公開。人也很容易就生出道德優越感。

然而，如此一來，無論線上或線下的政治討論就會退化為一種互相觀察的文化，其唯一目的似乎就是要找出他人的錯誤。批評和惡意成為數位貨幣：如果我們想創造共同思考的空間，就需要耐心和善意，對自己和所有其他與我們有共同目標的人都是如此，否則共同思考的空間就不可能存在。

我們仍在朝向一個真正公正、包容、沒有歧視與極端主義的社會邁進。沒有人是「完美的民主人士」或「敬業的公民」，沒有人能無時無刻成功對抗這世界所有的歧視結構、大大小小的暴力行為、戰爭和不公義並具備環保意識。我們的每個行動都是我們理想與所處現實之間的妥協。

我們別無選擇。

「清醒的人之間還有空間嗎？」[17]作家阿南德‧葛德哈拉德斯問道。他認為政治覺醒、意識到不公正和壓迫、願意擁抱多元文化是一個「過

程」，而不是我們在某個時刻可以達到的位置。

　　沒有人是完美的。有些人比其他人更有毅力，有些人更堅強、更大膽，或者只是取得比較好的機會。有時你知道自己嘗試了不可能的事情，雖然失敗卻又更往前一步，這樣就足夠了。對此，女性主義作家羅珊・蓋伊在她的作品《不良女性主義的告白》（*Bad Feminist*）中講得最好：

　　「我接受『不良女性主義者』的標籤，因為我是人。我的生活一團亂。我不想成為一個範例。我不想說我知道一切的答案。我不想說我是對的。我只是在努力支持我的信仰，努力在這個世界上做些好事，努力用我的作品發出一些聲音，同時做我自己。」[18]

　　我們需要意識到自己的錯誤。我們需要空間，在那裡我們可以嘗試未來，並練習一種新的說話方式：懷疑的、深思熟慮的、質疑的，有時大聲，有時小聲，而且總懷著善意。這本書對尋找一種新語言做出了貢獻，在這種語言中，所有人都可以作為人類在我們的複雜性中享有平等的權利，在我們將更美好社會的理想變為現實的道路上進行思考。我

希望它能激發我們意識到自己說話、思考、感覺和生活的結構和限制，去意識這個世界無論對某些人而言有多麼舒適，而它的樣貌並非公平；去考慮進行一個「真正的」改變，即使它偶爾會令人感到不舒服，即使問題多於答案。

　　我希望它能激發你的希望，並且永遠不要習慣不公平。

　　我希望它能激發你意識到自己的觀點和侷限性，從而了解這個世界的潛能。

　　我希望它能激勵你參與建設一個我們真正想要生活在其中的社會，人人在這個社會中都可以平等地發言與存在。

致謝

他的一種跡象是：天地的創造，以及你
們的語言和膚色的差異。
對於有學問的人，此中確有許多跡象。
——《古蘭經》第三十章第二十二節

這本書的書寫是一份禮物，因為它讓我有機會退後幾步，以更冷靜、更全面的方式從政治和社會角度看待這個世界。因為它給了我機會，不僅讓我專注於對當下的分析，也讓我探索通往未來的道路。正如卡姐·阿布拉在我之前所發現的：在她說話的那一刻，她就變得可見了。正如格拉達·基隆巴所意識到的那樣：在她寫書的那一刻，她就從客體變成主體了。

感謝所有在我之前來到這裡的人，他們用他們的知識、見解、奮鬥、生活為我鋪平了道路，我很感激能透過你們的書、工作認識你們。當我讀著你們寫的東西，對於能參與你們的思想對話感到既謙卑又快樂，並希望我能與它們產生更多連結。

感謝在本書創作過程中陪伴我的人，無論是透過他們的思想、建議、智識或友誼：塞瑪·普魯克沙斯（Şeyma Preukschas）、艾米麗雅·羅格（Emilia Roig）、米夏艾爾·塞曼（Michael Seemann）、泰瑞莎·布克（Teresa Bücker）、拉·馬魯斯（Rea Mahrous）、卡南·巴伊拉姆（Canan Bayram）、梅爾騰·庫拉察丹（Meltem Kulaçatan）、舒奇、瑪萊瑟·凱撒（Mareice Kaiser）、蘭恩·洪夏特、巴哈兒·亞斯蘭（Bahar Aslan）、瑟塔奇·塞利可古盧（Sertaç Sehlikoglu）、安妮·維佐雷克、哈堤潔·

阿坤、娜伊卡・佛魯坦、瑪格麗特・斯托科夫斯基、安妮娜・魯茲（Annina Loets）、瑪莉・邁姆貝格（Marie Meimberg）、安雅・沙雷、克里斯多夫・勞舍（Christoph Rauscher）、米萊娜・格林姆博夫斯基（Milena Glimbowski）、米修・桑亞爾（Mithu Sanyal）、圖波卡・歐蓋特、澤波・伯爾溫克爾（Tsepo Bollwinkel）、安納托・史蒂芬諾維奇（Anatol Stefanowitsch）、馬克斯・索雷克和伯恩特・烏爾利西。感謝所有為了這本書與我分享想法的人（你們是無價之寶！）、各個聊天群組的成員（包括「最佳」群組），以及參加我們那充滿啟發性的「故事之夜」的來賓與樂手，讓我有幸能在其中反覆體驗一種新的說話方式，現在就能先行體驗未來。

感謝《布列芙》（*Bref*）雜誌的編輯團隊陪伴我尋找我的聲音。阿佛列・托普弗基金會（Alfred Toepfer Stiftung）和羅傑・威廉森基金會（Roger Willemsen Stiftung）是最美麗的寫作地點，我在那裡找到靈感與平靜。感謝我的彭巴草原木屋陪伴者愛莉絲・哈絲特斯（Alice Hasters）和榮雅・凡・伍爾伯－塞伯爾（Ronja von Wurmb-Seibel）。

感謝我的經紀人法蘭西絲卡・君特（Franziska Günther）、我的出版社柏林漢瑟出版社（Hanser Berlin

Verlag）的信任和鼓勵，尤其要感謝我的發行人、編輯和智識催生者卡斯頓・克萊德（Karsten Kredel），感謝你始終保持批判、敏銳的思考，讓我得以成長。感謝奈絲・卡布楚（Nes Kapucu）設計的絕美封面，真是天才！還有在背後支持我的尤莉亞・歐柏曼（Julia Obermann）。

感謝我的父母卜拉辛（Ibrahim）和艾雪（Ayşe）。謝謝你們在我心裡灌注信心，讓我能毫不猶豫地用愛來回應所在的環境，用愛對待我身邊每個人。謝謝你們給了我父母所能給孩子的最好禮物——你們給了我兄弟和姊妹，我一生的良友和夥伴。你們教導我成為一個有責任感的人，教導我如何做孩子、做姊姊和妹妹。最重要的是，你們教導我如何服務他人。你們教導我有責任扶起跌倒的人，努力比獲得勝利更好。當我從如今所在的位置回頭看，我在一切所經歷、感受過以及擁有的一切當中都看見你們留下的痕跡，這一切成就了現在的我。若阿拉允許，希望我能成為一個好女兒來向你們表達我的感謝。

感謝我的祖父美赫梅特（Mehmet），你開啟了我們家族在德國的生活。奶奶和我們都很想念你。親愛的爺爺，願你在天堂裡安息。

感謝我身邊的那個男人，阿里（Ali）。沒有你就

不會有這本書。感謝你。感謝你的心、你的智慧以及你對我、對我們和對在這世界上身為人的意義的信任。感謝你的愛。感謝你愛我，感謝我們生活中微小卻又巨大的幸福。

感謝你，小小人。隨著你的誕生，我的眼睛再次睜開了，從那時起，我得以一次又一次地隨著你睜開眼睛。願你爺爺在你耳邊的低語能伴隨你一生。

還有，感謝真主。

庫布拉・古慕塞

漢堡，二〇一九年十月

參考文獻與注釋

語言的力量

1. 土耳其作家艾麗芙‧沙法克（Elif Şafak）將「古爾貝」形容為指尖皮膚下的無形碎片。她寫道：「你想去除它，徒勞無功。你試著展示它，也是徒勞無功。它變成了你的血肉、你的骨頭、你身體的一部分。一個你再也去除不了的肢體，無論它對你而言有多陌生，無論它有多麼不同。」由本書作者翻譯。

2. Wilhelm von Humboldt, *Schriften zur Sprachphilosophie: Werke in fünf Bänden. Band 3*, Stuttgart 1963, S. 224.

3. Holden Härtl, »Linguistische Relativität und die ›Sprache-und-Denken‹-Debatte: Implikationen, Probleme und mögliche Lösungen aus Sicht der kognitionswissenschaftlichen Linguistik«, *Zeitschrift für Angewandte Sprachwissenschaft* 51 (2009), S. 45–81, http://www.uni-kassel.de/fb02/fileadmin/datas/fb02/Institut_f%C3%BCr_Anglistik_Amerikanistik/Dateien/Linguistik/Articles/paper_hhaertl_ZfAL_neu.pdf (abgerufen am 19.09.2019).

4. 然而，將這個皮拉哈詞彙翻譯為「許多」並不精確，它直譯的意思為「聚集」。

5. 他們也沒有「全部」、「每個」、「大多數」或「幾個」等數量用詞。雖然皮拉哈語不是唯一沒有數量詞的語言，但根據艾佛瑞特的說法，皮拉哈人是唯一不學習其他語言數量詞的民族。艾佛瑞特和他的妻子花了數年時間試圖教他們葡萄牙語一到十的數字。令人印象深刻的是，儘管幾十年來神職人員一直試圖勸誘皮拉哈人皈依，還有政府的干預與監管，但皮拉哈人仍設法將外部世界的影響保持在最低程度。

6. Daniel Everett, *Das glücklichste Volk. Sieben Jahre bei den Pirahã-Indianern am Amazonas*, übersetzt von Sebastian Vogel, München 2010, S.196 und 200.

   （編按：引文中譯引自《別睡，這裡有蛇：一個語言學家在亞馬遜叢林》，大家出版社，黃珮玲，二○一一）

7. Kathrin Sperling, »Geschlechtslose Fräulein, bärtige Schlüssel und weibliche Monde – beeinflusst das grammatische Geschlecht von Wörtern unsere Weltsicht?«, *Babbel Magazin*, 25.02.2016, https://de.babbel.com/de/ magazine/grammatisches-geschlecht-und-weltsicht (abgerufen am 20.09.2019).

8. BBC, »How language defines us as women«, *The Conversation*, 09.07.2019, https://www.bbc.co.uk/programmes/w3csynjf, ab Minute 4:41.

9. »Lost In Translation: The Power Of Language To Shape How We View The World«, Hidden Brain Podcast, 29. Januar 2018, https://www.npr.org/ templates/transcript/ transcript.php?storyId=581657754&t=1569927557957 (abgerufen am 09.10.2019).

10. 在蘭恩・洪夏特（Lann Hornscheidt）和里歐・歐本蘭德（Lio Oppenländer）合著的《退出性別》（*Exit Gender*）一書中也能看到如何在不指明人的性別的情況下敘述德語故事。

11. 社會語言學家史蒂芬・列文森（Stephen Levinson）是第一個進行此類觀察的西方學者，他的研究大大提升了語言相對性假設在學術論述中的地位。

12. »Lost In Translation«, Hidden Brain Podcast. 由本書作者翻譯。

13. Annabell Preussler, »Über die Notwendigkeit des (geschlechter)gerechten Ausdrucks«, *maDonna* Nr. 1, http://www.gleichstellung.tu-dortmund.de/cms/de/ Themen/Geschlechtergerechte_Sprache/__ber_die_ Notwendigkeit_des_geschlechtergerechten_Ausdrucks. pdf (abgerufen am 09.10.2019).

14. 當然，這是一個異性戀本位的答案，因為它也可能是同性伴侶關係，因此一個孩子也可能有兩個父親。或者，一個親生父親和一個非親生父親。

15. Monika Dittrich, »Die Genderfrage im Rechtschreibrat«, *Deutschlandfunk*, 15.11.2018, https://www. deutschlandfunk.de/er-sie-die-genderfrage-im-rechtschreibrat.724.de.html?dram:article_id=433109 (abgerufen am 20.09.2019).

16. Dagmar Stahlberg, Sabine Sczesny und Friederike Braun, »Name Your Favorite Musician: Effects of Masculine Generics and of their Alternatives in German«, *Journal of Language and Social Psychology* 20, Nr. 4 (2001), S. 464–469. Siehe auch Karin Kusterle, *Die Macht von Sprachformen*, Frankfurt am Main 2011.

17. 編按：此處採用本書英文版之例子。

18. 土耳其是否因為語言不歧視性別（至少在語法上不歧視），性別歧視和性別暴力就比較少？並沒有，土耳其是世界上殺害女性率最高的國家之一，它絕對不是一個性別平等的社會。因為語言只是一個因素，其他因素還有媒體圖像、電影、藝術、文化、司法、行政、政治與經濟方面的傳統權力結構、教育機構、宗教機構等。父權制不會隨著語言改革而結束，但沒有它也不會結束。

19. 這正是洪堡大學跨學科性別研究中心的蘭恩·洪夏特建議使用「-x」（例如Latinx）的原因。「你所指的人是女性、男性或跨性別者的問題在語境中並不重要，或是不應該有任何影響。」洪夏特的提議在媒體上引起爭議，並且導致右翼份子的誹謗和威脅。

然而，我對此思考得越多，我越意識到，通往「一個人們在其中沒有被賦予性別認同的語言」的這條路是正確的。因為洪夏特的建議基本上僅意味著：我（目前）不在乎你的性別認同，或者，這對我不重要。在《退出性別》中，洪夏特和歐本蘭德建議所有陳述都以「教書的、唱歌的、騎腳踏車的人」開始，「人」先出現，其他都只是附加資訊，不能代表這個人的本質。

20. David Foster Wallace, Das hier ist Wasser / This is Water, übersetzt von Ulrich Blumenbach, Köln 2012, S. 9.

21. George Steiner, *Sprache und Schweigen. Essays über Sprache, Literatur und das Unmenschliche*. Berlin 2014, S.175.

22. Ebd., S.155.

在語言之間

1. Jhumpa Lahiri, »I am, in Italian, a tougher, freer writer«, *The Guardian*, 31.01.2016, https://www.theguardian.com/books/2016/jan/31/jhumpa-lahiri-in-other-words-italian-language (abgerufen am 16.09.2019). 由本書作者翻譯。

2. Navid Kermani, »Ich erlebe Mehrsprachigkeit als einen großen Reichtum«, *Goethe-Institut*, http://www.goethe.

de/lhr/prj/mac/msp/de2391179. htm (abgerufen am 01.10.2019).

3. »Das Pferde-Plagiat«, *Die Zeit*, 01.03.1963, https://www.zeit.de/1963/09/das-pferde-plagiat (abgerufen am 09.10.2019).

4. Elif Şafak, »Writing in English brings me closer to Turkey«, *British Council Voices Magazine*, 19.11.2014. https://www.britishcouncil.org/voices-magazine/elif-shafak-writing-english-brings-me-closer-turkey (abgerufen am 01.10.2019). 由本書作者翻譯。

5. Emine Sevgi Özdamar, *Die Brücke vom Goldenen Horn*, Köln 1998.

6. 「因為有外國口音，母語者也會潛意識地推斷教育程度、社會地位、智力，甚至個性特徵。」瑞士語言學家瑪莉－荷西・科利（Marie-José Kolly）如此描述。*Linguistik Online* 50, Nr. 6 (2011), https://doi.org/10.13092/lo.50.319 (abgerufen am 09.10.2019).

7. Dave Burke, »Princess Charlotte can already speak two languages – at age TWO«, *Mirror*, 13.01.2018. https://www.mirror.co.uk/news/uk-news/princess-charlotte-can-already-speak-11848448 (abgerufen am 01.10.2019).

8. 當時我獲得了小兒科診所的實習機會。每當有土耳其母親帶著孩子來診所並向我尋求翻譯協助時，我們會一起被請到後面的房間。有人告訴我，即使在診所裡

也不可以說土耳其語。

9. 歐盟對當時正在進行加入歐盟談判的土耳其政府施壓，蕾拉·查納因而提前獲釋。
二十四年之後的二○一八年十一月，蕾拉·查納再次當選為土耳其國會議員，這次是代表人民民主黨。儘管她以土耳其語宣誓並且沒有發表任何評論，但她宣誓的對象是「土耳其的人民」，而不是「土耳其人」，目的是強調並非土耳其全國的人民都是「土耳其人」。這也引發了爭議。
Alexander Isele, »Kämpferin: Personalie: Die kurdische Politikerin Leyla Zana droht mit Hungerstreik«, *Neues Deutschland*, 14.09.2015, https://www.neues-deutschland.de/artikel/984363.kaempferin.html (abgerufen am 20.09.2019).
dpa/afp, »Kurdin löst Kontroverse im türkischen Parlament aus«, *Deutsche Welle*, 17.11.2015, https://p.dw.com/p/1H7S0 (abgerufen am 20.09.2019).
dpa/afp, »Kurdische Abgeordnete Leyla Zana verliert Parlamentssitz in der Türkei«, *Deutsche Welle*, 12.01.2018, https://p.dw.com/p/2qmD2 (abgerufen am 20.09.2019).

10. Bejan Matur, *Dağın Ardına Bakmak*, Istanbul 2011, S. 89. 由本書作者翻譯。

11. Robin Kimmerer, *Braiding Sweetgrass*, Minneapolis 2013, S.50. 由本書作者翻譯。

12. Ebd.

13. Kurt Tucholsky, *Sprache ist eine Waffe. Sprachglossen*, Hamburg 1989, S. 48 f.

14. Colm Tóibín, »The Henry James of Harlem: James Baldwin's struggles«, *London Review of Books*, 14.09.2001, https://www.theguardian.com/books/2001/sep/14/jamesbaldwin (abgerufen am 01.10.2019).

15. James Baldwin, *The Cross of Redemption: Uncollected Writings*, New York 2010, S. 67. 由本書作者翻譯。

政治的缺口

1. 某件事情若要被認為是不公義的,它必須既有害又不正當,無論是因為歧視還是因為其他方面的不公平。在這個案例中,騷擾者和被騷擾者都存在認知障礙,雙方都沒有充分理解他是如何對待她的,但騷擾者的認知障礙不會造成重大的不利影響,而她(同時)卻在缺乏這種理解的狀況下深感痛苦、困惑和孤立,也容易持續遭受騷擾。她在解釋學上的劣勢使她無法意識到自己正在遭受的虐待,而這反而又阻止她說出一切,更別提採取有效行動來終止它。
Miranda Fricker, *Hermeneutical Injustice: Power and the Ethics of Knowing*, Oxford 2007, Kapitel 2, S.5, https://doi.org/10.1093/acprof:oso/9780198237907.001.0001 (abgerufen am 20.09.2019). 由本書作者翻譯。

我說,所以我存在

2. Betty Friedan, *Der Weiblichkeitswahn oder Die Selbstbefreiung der Frau*, übersetzt von Margaret Carroux, Hamburg 1970.

3. 她本人並未明確將這些女性稱為「白人女性」。然而,我覺得強調這一點很重要,因為在同一時期,美國的勞工婦女、有色人種婦女和移民婦女經歷了完全不同的生活現實,例如種族隔離。

4. Friedan, 1970, S. 9.

5. Ebd., S.17.

6. Dale Spender, For the Record. *The Making and Meaning of Feminist Knowledge*, Toronto 1985, S.10.

7. 「黑鬼是白人對黑人的外來稱呼。這個詞與其種族主義詞源脫不了關係。這個詞也指人的膚色,因而根據人的色素沉澱來建構身分。」作家兼社會活動家圖波卡‧歐吉特(Tupoka Ogette)寫道。
Tupoka Ogette, *exit RACISM: rassismuskritisch denken lernen*, Münster 2017, S. 75.

8. 「堅持一種觀點不僅遺漏了許多東西(因此既片面又不精確),而且對於那些恰巧也持有這種觀點的人來說,它也意味著相當大的特權。他們處於一種『什麼都懂』的特權地位:他們的偏見、侷限性成為衡量一切的標準。如果他們從未有過特定的經歷,就像西方世界的白人不會遭受種族歧視一樣,雇員無法體會失業的感受,男人不懂家庭主婦一成不變的日常,那麼

這樣的經歷就可以被當作不存在，是不真實的。」
Spender, 1985, S.10f. 由本書作者翻譯。

9. 原文為英文，作者將其翻成德文。

10. 早在二〇〇六年，社會活動家塔拉娜・柏克（Tarana Burke）就在Myspace平台上使用Me Too作為標語，來凸顯針對有色人種女性的性暴力。二〇一七年，演員艾莉莎・米蘭諾（Alyssa Milano）更成為Me Too的重要旗手。

11. 這則及以下所有引述在二〇一三年九月以推特貼文發布。

12. 自那時起就不時出現對「日常種族主義」一詞的合理批評，因為它將情況淡化了，因此有人建議應改為「日常生活中的種族主義」的說法。

13. 我說「一再地」，因為＃凝視絕不是一個開端。幾十年來，各組織和活動份子透過書籍和其他的智識、學術或藝術作品鋪平了道路，使日常中已正常化的種族主義形式可以被識別並命名。但是我們必須一再地用新的意義來補充這些名稱。那些為提高大眾對這些問題的認識而奠定基礎的人太多，無法一一列舉，因此我僅列出若干組織與代表性人物：德國的黑人女性協會（ADEFRA e. V.）、德國的黑人協會（ISD e.V.）或棕色暴民協會（Der Braune Mob e. V.）以及梅・阿伊姆（May Ayim）、格拉達・基隆巴（Grada Kilomba）、達格瑪・舒爾茨（Dagmar Schultz）、

佩姬‧皮埃舍（Peggy Piesche）、諾雅‧索（Noah Sow）、穆圖‧埃爾金‧哈馬茲（Mutlu Ergün Hamaz）、法蒂瑪‧塔伊布（Fatima El-Tayeb）、莎隆‧杜杜阿‧奧托（Sharon Dodua Otoo）、圖波卡‧歐蓋特（Tupoka Ogette）、約書亞‧奎西‧艾金斯（Joshua Kwesi Aikins）、莫琳‧麥莎‧格斯博士（Prof. Dr. Maureen Maisha Eggers）等無數人。

14. 正如戴爾‧史班德所寫：「如果女人一起行動並認可彼此的活動，男人將別無選擇，只能改變想法，但無論如何，那都是勉為其難的。數個世紀以來，男人一直在彼此校正並確認他們對世界（以及對女性）的描述和解釋的準確性和充分性，但從未讓女性參與其中。如果女人主動出擊，男人就不得不做出反應。」Dale Spender, *Man Made Language*, London 1990, S. 4. 由本書作者翻譯。

15. 在她的介入之後，這件事有了正面的結果。希佛拉寫道：「她的眼裡噙著淚水，『您說得對，這不公平。我現在覺得很不好意思，但我也不知道該怎麼辦。我只是有種不舒服的感覺。』」https://www.facebook.com/EOTO.eV/posts/2273914666058350 (abgerufen am 09.10.2019).

16. Caroline Criado Perez, *Invisible Women. Exposing Data Bias in a World Designed for Men*, London 2019, S. 60. 由本書作者翻譯。

17. Paul Celan, *Eingedunkelt und Gedichte aus dem Umkreis von Eingedunkelt*, Frankfurt am Main 1991, S. 41.

18. Semra Ertan, »Mein Name ist Ausländer«, zitiert in Cana Bilir-Meier, *Nachdenken über das Archiv – Notizen zu Semra Ertan*, http://www.canabilirmeier.com/wp-content/uploads/2015/07/Nachdenken-%C3%BCber-das-Archiv-%E2%80%93-Notizen-zu-Semra-Ertan.pdf (abgerufen am 20.09.2019).

19. Zu sehen im Video der Künstlerin und Nichte von Semra Ertan, Cana Bilir-Meier, https://vimeo.com/90241760, Minute 5:56.

20. Hamburger Abendblatt, »Erschütternde Verzweiflungstat einer Türkin«, Hamburger Abendblatt, 01.06.1982, https://web.archive.org/web/20140728185642/http://www.abendblatt.de/archiv/article.php?xmlurl=/ha/1982/xml/19820601xml/habxml820406_7026.xml (abgerufen am 20.09.2019).

獨特性是一種特權

1. Vinda Gouma, »Ich bin die Flüchtlinge!«, *Der Tagesspiegel*, 28.01.2019, https://www.tagesspiegel.de/gesellschaft/lesermeinung-ich-bin-die-fluechtlinge/23917406.html (abgerufen am 20.09.2019).

2. Ebd.

3. Sara Yasin, »Muslims Shouldn't Have To Be ›Good‹ To Be Granted Human Rights«, *Buzz Feed News*, 21.02.2017, https://www.buzzfeed.com/sarayasin/muslims-shouldnt-have-to-be-good-to-be-granted-human-rights?utm_term=.yjWBJXDVlM#.nsMGR1v90z (abgerufen am 10.01.2019). 由本書作者翻譯。

4. 一九五九年，法國理論家及後殖民思想家法蘭茲・法農（Frantz Fanon）描述了因穆斯林女性所引發的攻擊與惱怒，尤其是當她們透過她們的穿著抵抗那些命名者的好奇目光：「一個看見他人卻不讓自己被他人看見的女人令殖民者心生無力。沒有相互關係。她不屈服，不交出自己，不奉獻自己。阿爾及利亞人對阿爾及利亞女人的態度整體上是明確的：他看不見她。是的，他試圖不去注意那個女人。在街上、在光天化日下，他沒有表現出兩性接觸時相對應的行為，這種行為可以透過外表、姿勢和兩性現象學中以讓我們習以為常的各種行為來描述。相對於阿爾及利亞人，歐洲人『想要』看見，他對自己這種感知的侷限性大為光火。在歐洲人身上觀察到的結構性矛盾行為和夢境材料中都能顯露這種侵略性，無論他是正常人還是神經病。」

Frantz Fanon, *Aspekte der Algerischen Revolution*, übersetzt von Peter-Anton von Arnim, Frankfurt am Main 1969, S. 28.

5. 我大可以開心地成為這些活動裡的「頭巾女士」，代表一整個世界性宗教，甚至有幸代表數百萬人發言，而無需事先徵求他們的同意，也無需由他們票選出來，甚至更好：無法被他們表決淘汰。僅僅因為這是媒體邏輯想要的。因為我們的社會不想處理複雜性。因為我們的媒體大眾希望一個人代表一種宗教、一個群體、一個國家、一個大陸。當然，我應該感謝能擁有這個特權角色，但是我認為這個系統在本質上就是個錯誤。

6. 如果我願意，我可以解釋給你聽，如果你在人性層面上給我你真的好奇的感覺的話。但是我很少從陌生人那裡得到這種感覺，更多的狀況是來自認識我很久的朋友，由他們問這種私密問題似乎比較合適。

7. 女性摘下頭巾的理由至少和戴頭巾的理由一樣多。有的女人不再相信，有的女人不想相信，有的女人不能相信。有的女人不想再歸屬於宗教團體；有的女人無論如何都不想戴頭巾，現在總算能夠創造出她們無須再屈服於這種壓力的結構；有的女人認為戴頭巾沒有宗教依據；有的女人不想再忍受性別歧視的父權結構，她們抗拒頭巾的性別歧視工具化。這些只是眾多原因中的一部分，所以你不應該將這裡提到的理由當成理由，亦即將一種觀點絕對化。

8. Martin Buber, *Ich und Du*, Stuttgart 1959, S.130.

無用的知識

1. John Bargh, *Vor dem Denken. Wie das Unbewusste uns steuert*, übersetzt von Gabriele Gockel, Bernhard Jendricke und Peter Robert, München 2018.

2. 儘管有這種阻力，但仍有一個不斷致力於提高人們對此意識的組織——來自美國的「心」（Heart）：穆斯林婦女向穆斯林社群宣導有關性與健康主題的資訊和教育，並解決有爭議的問題，例如神職人員的虐待行為。如本文中的例子所示，要揭露穆斯林社群的性別歧視而不表現穆斯林男性的仇外刻板印象是一項艱鉅的任務。「心」和其他組織以及個人接受這些挑戰，經常要付出高昂的個人代價。
Nadiah Mohajir, »Working Toward Community Accountability«, *HEART*, http://heartwomenandgirls.org/2019/09/14/working-toward-community-accountability/ (abgerufen am 09.10.2019).

3. R.A.Donovan und L.M.West, »Stress and mental health: Moderating role of the strong black woman stereotype«, *Journal of Black Psychology* 41, Nr. 4 (2015), S.384–396.

4. »Racial bias in pain assessment and treatment recommendations, and false beliefs about biological differences between blacks and whites«, *PNAS*, https://www.pnas.org/content/113/16/4296 (abgerufen am 11.10.2019).

5. »Weak Black Women Official Music Video. The Rundown With Robin Thede«, https://www.youtube.com/watch?v=yUswFJ6q_5Q (abgerufen am 09.10.2019).

6. Max Czollek, *Desintegriert euch!* München 2018, S.192.

7. Zitiert nach Shermin Langhoff, Intendantin des Gorki Theaters, im Interview mit dem *Tagesspiegel*. Patrick Wildermann, »Die Lage in der Türkei verfinstert sich täglich«, *Der Tagesspiegel*, 19.01.2017, https://www.tagesspiegel.de/kultur/gorki-chefin-shermin-langhoff-die-lage-in-der-tuerkei-verfinstert-sich-taeglich/19265526.html (abgerufen am 09.10.2019).

8. 寫這則訊息給我的親愛的讀者，可惜我在IG上找不到你和你的名字了。如果你讀到本文，請與我聯繫。如果你同意的話，我想在之後的再版中引用你的名字。庫布拉敬上。

9. Kurt Kister, »Stramm rechts – und im Parlament«, Süddeutsche Zeitung, 23.09.2017, https://www.sueddeutsche.de/politik/zeitgeschichte-wo-strauss-die-wand-waehnte-1.3677377 (abgerufen am 30.09.2019).

10. »Kampfansage nach Bundestagswahl: AfD-Politiker Gauland über Merkel: ›Wir werden sie jagen‹«, *BR*, 24.09.2017, https://www.br.de/bundestagswahl/afd-politiker-gauland-ueber-merkel-wir-werden-sie-jagen-100.html (abgerufen am 30.09.2019).

11. Krista Tippett, »Arnold Eisen: The Opposite of Good Is Indifference«, *On Being*, 21.09.2017, https://onbeing. org/programs/arnold-eisen-the- opposite-of-good-is- indifference-sep2017/ (abgerufen am 30.09.2019).

知識份子清潔婦

1. 當時我還在使用這個詞，如今我更願意用「反穆斯林種族主義」。伊莉莎白・維靈（Elisabeth Wehling）在她的《政治框架》（*Politisches Framing*）一書中做了很好的解釋：「恐懼症框架沒有在其他辯論中流行起來只能說很幸運。女性恐懼症而不是反女性，猶太恐懼症而不是反猶太，勞工恐懼症而不是反勞工。」「伊斯蘭恐懼症」這個詞不只有問題，我認為它還很危險。反伊斯蘭思想是一種心態，而不是臨床上的焦慮症，針對穆斯林的行動並不是在情緒化的狀態下進行的。如果它真的只是針對暴力的穆斯林，正如試圖解釋伊斯蘭教對基督教文化造成的危險的人們所聲稱的那樣，那麼為什麼稱它為「伊斯蘭恐懼症」？
Elisabeth Wehling, *Politisches Framing. Wie eine Nation sich ihr Denken einredet – und daraus Politik macht*, Köln 2016, S.159. Empfehlenswert sind auch Yasemin Shooman, »... weil ihre Kultur so ist« – *Narrative des antimuslimischen Rassismus*, Bielefeld 2014 sowie Ozan Zakariya Keskinkılıç, *Die Islamdebatte gehört zu Deutschland. Rechtspopulismus und antimuslimischer*

Rassismus im (post-)kolonialen Kontext, Berlin 2019.

2. Claude M. Steele, *Whistling Vivaldi. How Stereotypes Affect Us and What We Can Do*, New York 2011.

3. Friedrich Nietzsche, *Menschliches, Allzumenschliches. Ein Buch für freie Geister,* Leipzig 1886, 531.

4. Toni Morrison, »A Humanist View«, *Portland State University's Oregon Public Speakers Collection*, 1975, https://www.mackenzian.com/wp-content/uploads/2014/07/Transcript_PortlandState_TMorrison.pdf (abgerufen am 20.09.2019). 由本書作者翻譯。

5. Maya Angelou, *Ich weiß, warum der gefangene Vogel singt,* übersetzt von Harry Oberländer, Berlin 2019.

6. 這裡引用的段落來自我與哈堤潔‧阿坤的私人通信。

7. Zitiert in Teresa Bücker, »Warum es so wichtig ist, eine Haltung zu haben«, *Edition F,* 27.03.2016, https://editionf.com/warum-es-so-wichtig-ist-eine-haltung-zu-haben/ (abgerufen am 30.09.2019).

8. Mely Kiyak, »Der Hass ist nicht neu. Für uns nicht.«, Festrede bei der Verleihung des Otto-Brenner-Preises, Über Medien, 29.11.2016, https://uebermedien.de/10293/der-hass-ist-nicht-neu-fuer-uns-nicht/ (abgerufen am 20.09.2019).

9. Frithjof Staude-Müller, Britta Hansen und Melanie

Voss, »How stressful is online victimization? Effects of victim's personality and properties of the incident«, *European Journal of Developmental Psychology* 9, Nr. 2 (2012), S. 260–274.

10. 該案例顯示，在新聞報導中不採取犯案者的觀點有多重要。
dpa, »Angreifer boxt schwangere Frau wegen Kopftuch in den Bauch«, *Berliner Morgenpost*, 20.03.2019, https://www.morgenpost.de/berlin/polizeibericht/article216699249/Angreifer-boxt-schwangerer-Frau-wegen-Kopftuch-in-den-Bauch.html (abgerufen am 11.10.2019).

11. *Anne Will* 17.03.2019, *hart aber fair* 18.03.2019, *Maischberger* 20.03.2019.

12. 「四分之一的女性墮過胎。許多人認為他們認識的人當中沒有這樣的人，但是#youknowme。讓我們這麼做：如果妳也是四個人中的一位，讓我們分享它並結束羞愧。」
Busy Philipps, https://twitter.com/BusyPhilipps/status/1128515490559610881?p=v. 由本書作者翻譯。

13. Sara Locke, https://twitter.com/saralockeSTFW/status/1128873176912605184. 由本書作者翻譯。
HIPAA指的是《健康保險可攜式與責任法案》（*Health Insurance Portability and Accountability*），

為一九九六年頒布的一項美國法律，其中規定了與健康保險相關的數據保護法規等。

14. Vortrag »Organisierte Liebe« auf der re:publica 2016, https://www. youtube.com/watch?v=BNLhT5hZaV8&t=1s (abgerufen am 09.10.2019).

右翼的政治議程

1. 1 Bernhard Pörksen, *Die große Gereiztheit. Wege aus der kollektiven Erregung*, München 2018, S.165.

2. Von der Carole Cadwalladr in einem TED Talk berichtete: https://www. ted.com/talks/carole_cadwalladr_facebook_s_role_in_brexit_and_the_threat_to_democracy/transcript#t-886323 (abgerufen am 11.10.2019).

3. 記者英格麗‧布羅定寫道：「在網路上為我們分類及篩選資訊的最重要的守門員不叫BBC、CNN、《世界報》（*Le Monde*）或《紐約時報》，它們叫做臉書和谷歌。當它們的技術人員裝得好像他們無法影響他們編寫的軟體所執行的資訊選擇時，問題就更嚴重了。」

Ingrid Brodnig, Hass *im Netz. Was wir gegen Hetze, Mobbing und Lügen tun können*, Wien 2016, S. 201.

4. Philip Kreißel, Julia Ebner, Alexander Urban und Jakob

Guhl, *Hass auf Knopfdruck: Rechtsextreme Trollfabriken und das Ökosystem koordinierter Hasskampagnen im Netz,* London 2018, https://www.isdglobal.org/wp-content/uploads/2018/07/ISD_Ich_Bin_Hier_2.pdf (abgerufen am 20.09.2019).

5. Bertolt Brecht, »Fünf Schwierigkeiten beim Schreiben der Wahrheit«, *Unsere Zeit* 8, Nr. 2/3 (1935), S. 23f.

6. Noah Sow, *Deutschland Schwarz Weiß. Der alltägliche Rassismus.* München 2009, S.30f.

7. 社會學家馬蒂亞斯・昆特（Matthias Quent）在這次訪談中解釋了它的重要性，便是將這種行為明確描述為「右翼恐怖」，而非「隨機殺人」：「這種行為具有特定的政治和社會影響」。犯案者顯然想透過針對非白人、有色人種的震驚訊息來引發恐懼和恐慌，基於種族動機的受害者選擇加劇了社會群體之間的緊張關係。它凸顯並強化了種族差異，並將其作為暴行的理由。這就是我談到偏見或仇恨犯罪以及右翼恐怖主義的原因。
Vanessa Vu, »Die Grenzen zwischen Amok und Terror können verwischen«, *Zeit Online*, 02.01.2019, https://www.zeit.de/gesellschaft/2019-01/rechtsextremismus-anschlag-bottrop-rassismus-radikalisierung-terror-matthias-quent/komplettansicht (abgerufen am 09.10.2019).

8. Ogette, 2017, S. 80.

9. 這是二〇一九年德國第一電視台（ARD）夏季採訪中發生的事。高蘭：「但有時候我們當中的有些人沒有認知到這個政黨是一個戰鬥聯盟⋯⋯」主持人：「一個戰鬥聯盟？」高蘭：「一個在政治變革和獲得政權方面的戰鬥聯盟」
https://www.daserste.de/information/nachrichten-wetter/bericht-aus-berlin/videosextern/bericht-aus-berlin-ut538~_withoutOffset-true.xml (abgerufen am 09.10.2019).

10. *Monitor* 19.01.2017.

11. Victor Klemperer, LTI: Notizbuch eines Philologen, Stuttgart 2007, S. 256.

12. Ron Suskind, »Faith, Certainty and the Presidency of George W. Bush«, *NY Times Magazine*, 17.10.2004, https://www.nytimes.com/2004/10/17/magazine/faith-certainty-and-the-presidency-of-george-w-bush.html (abgerufen am 20.09.2019). 由本書作者翻譯。

絕對化信念

1. Michel Foucault, *Sexualität und Wahrheit: Der Wille zum Wissen*, übersetzt von Ulrich Raulff und Walter Seitter, Frankfurt am Main 1983, S.116.

2. Bargh, 2018.

3. Mareike Nieberding, »Was Frauen krank macht«, *Süddeutsche Zeitung*, 23.05.2019, https://sz-magazin. sueddeutsche.de/frauen/frauen-gesundheit-medizin-87304?reduced=true (abgerufen am 20.09.2019).

4. 得到充分研究的女性健康領域包括避孕（見避孕藥）和憂鬱症。男性在憂鬱症的研究方面處於劣勢，它們的自殺率實際上更高。數據落差也同樣可能造成致命的後果。

5. Perez, 2019.

6. Friedrich Nietzsche, *Zur Genealogie der Moral*, in: ders., Sämtliche Werke, Bd. 5, München 1999, S.365.

7. Friedrich Nietzsche, *Die fröhliche Wissenschaft*, in: ders., Sämtliche Werke, Bd. 3, München 1999, S. 627.

8. Thomas Bauer, *Kultur der Ambiguität*, Berlin 2011, S. 27.

9. Ebd., S. 251.

10. Ebd., S. 250.

11. Ebd., S.344.

12. Ebd., S.346 f.

13. Ebd., S.347.

自由地說話

1. 「接觸假設」是由美國社會心理學家及偏見研究者戈登・威勒特・奧波特在其著作《偏見的本質》中所提出的。
   Gordon Willert Allport, *The nature of prejudice*, Reading Massachusetts 1954.

2. Chimamanda Ngozi Adichie, »The Danger of the Single Story«, *TED Global* 2009, https://www.ted.com/talks/chimamanda_adichie_the_danger_of_a_single_story (abgerufen am 20.09.2019).

3. 「阿布拉」是弟弟妹妹對姊姊的敬稱，但年輕人也會用它來稱呼稍微年長的婦女。

4. James Baldwin, *Schwarz und Weiß oder Was es heißt, ein Amerikaner zu sein*, übersetzt von Leonharda Gescher, Hamburg 1977, S. 44.

5. Gloria Boateng, *Mein steiniger Weg zum Erfolg. Wie Lernen hilft Hürden zu überwinden und warum Aufgeben keine Lösung ist*, Hamburg 2019, S. 202 f.

6. Grada Kilomba, »Becoming a Subject«, in: *Mythen, Masken, Subjekte. Kritische Weißseinsforschung in Deutschland*, hg. von Maureen Maisha Eggers, Grada Kilomba, Peggy Piesche und Susan Arndt, Münster 2009, S. 22. 由本書作者翻譯。

7. Viet Thanh Nguyen, https://twitter.com/viet_t_nguyen/ status/1100788236824109056 . 由本書作者翻譯。

8. 學者及卡納克學人莎布拉．曼普雷．納克西邦 （Saboura Manpreet Naqshband）在《適應奢華，我看 起來合適嗎？》（*Anpassen Deluxe – Sehe ich richtig aus?*）第八集中提出的新詞，作為學界卡納克人的自 稱。
   https://youtu.be/F2eQMh5wmc8（二〇一九年十月九日 調閱）

9. 「批判的馬鈴薯主義」：納克西邦用它來描述「在思 想與行為上是反種族主義並且可以嘲笑他們的文化習 俗與傳統的德國白人。此外，它還指那些為了共同 福利而真正（想要）探究現在與過去的種族主義的 人。」
   https://www.instagram.com/p/B2rQJ8forhT/ （二〇一九 年十月九日調閱）

10. 該節目在二〇一八年初創立時仍被稱為《黑岩說》 （*Blackrock Talk*），Blackrock是創始者姓氏Karakaya 直接從希臘語譯成英語的對應。二〇一九年十月，該 節目被網羅至德國第一及第二廣播電視聯盟，並改名 《卡拉卡雅說》。

11. Kartina Richardson, »How Can White Americans Be Free?: The default belief that the white experience is a neutral and objective one hurts both white and American culture«, *Salon*, 25.04.2013, https://www.salon.

com/2013/04/25/how_can_white_americans_be_free/ (abgerufen am 20.09.2019). 由本書作者翻譯。

12. 我一次又一次地從視覺藝術、音樂、文學領域中聽到白人特權藝術家對邊緣化群體滿懷妒意地說,他們「有幸」歷經苦難,因此有創作他們藝術的「材料」。這是以無知偽裝成理解的一個好例子,因為我所認識的每一個邊緣人藝術家都會樂意放棄他們的工作,如果這樣意味著壓迫的結束。不過那天晚上那位作家不是這個意思。

13. Ghayath Almadhoun, *Die Hauptstadt*, übersetzt von Larissa Bender, http://www.citybooks.eu/en/cities/citybooks/p/detail/the-capital (abgerufen am 09.10.2019).

一種新的說話方式

1. 1 Aladin El-Mafaalani, *Das Integrationsparadox. Warum gelungene Integration zu mehr Konflikten führt*, Köln 2018.

2. 「理想的接待小姐,不受歡迎的同事」是政治學者海爾嘉・柯爾尼希的一篇論文的標題名稱。這篇文章描述了三十多年前的類似衝突,雖然角色為(白人)女性。提醒一下:有些衝突只是表面上看起來是「新」衝突。
Helga Körnig, »Als ›Vorzimmer-dame‹ begehrt – als Kollegin unerwünscht!«, in *Utopos – Kein Ort.*

Ein Lesebuch. Mary Daly's Patriarchatkritik und feministische Politik, hg. Von Marlies Fröse, Bielefeld 1988.

3. El-Mafaalani, 2018, S. 79.

4. Ebd., S. 229.

5. 這正是美國總統川普在二○一九年七月對四名有色人種民主黨國會議員所做的，因而引發眾怒。當德國總理梅克爾在一場記者會上被問及她對川普的言論有何看法時，她回應：「我決定與它保持距離並和受攻擊的女性站在一起。」
Zeit Online/dpa/jsp, »Bundeskanzlerin: ›Ich fühle mich solidarisch mit den attackierten Frauen‹«, *Zeit Online*, 19.07.2019, https://www.zeit.de/politik/deutschland/2019-07/bundeskanzlerin-angela-merkel-dublin-reform-seenotrettung (abgerufen am 20.09.2019).

6. Marvin E. Milbauer, »Powell, King Speak on Negro Problems: Congress-man Sees Threat to U.S.Power«, *The Harvard Crimson*, 25.04.1964, https://www.thecrimson.com/article/1964/4/25/powell-king-speak-on-negro-problems/ (abgerufen am 20.09.2019). Ein Ausschnitt der Rede ist hier zu finden: https://www.youtube.com/watch?v=o_WJ4PpxWaE, ab Minute 12:06 (abgerufen am 09.10.2019).

7. Naika Foroutan, *Die postmigrantische Gesellschaft. Ein*

Versprechen der pluralen Demokratie, Bielefeld 2019,
S.13f.

8. Marie Shear, »Media Watch. Celebrating Women's
   Words«, *New Directions for Women* 15, Nr. 3 (1986), S. 6.
   由本書作者翻譯。

9. Erik Olin Wright, *Reale Utopien. Wege aus dem
   Kapitalismus*, übersetzt von Max Henninger, Berlin 2017,
   S. 492.
   萊特在對烏托邦的研究中,將資本主義描述為社會與
   政治正義的根本障礙:「這是尋找替代方案的基本出
   發點——對資本主義作為權力與不平等的結構的批
   評。……這並不意味所有的社會不公正都應歸咎於資
   本主義,也不表示徹底廢除資本主義是在實現社會和
   政治正義過程中取得實質性進展的必要先決條件。而
   是,人類解放的鬥爭需要與資本主義進行鬥爭,而不
   只是資本主義內部的鬥爭。」

10. 傅柯稱這些地方為「異托邦」:「真實存在的地方,
    被引入社會組織的有效地方,可以說是一種反地點,
    一種確實施行的烏托邦,其中文化中的真實地方同時
    被代表、爭議及翻轉,在某種程度上是所有地方之外
    的地方,雖然它們實際上可以被指出位置。」
    Michel Foucault, »Andere Räume«, in: *Aisthesis.
    Wahrnehmung heute oder Perspektiven einer anderen
    Ästhetik*, hg. von Karlheinz Barck, Leipzig 1992, S.39.

11. Wright, 2017, S. 491f.

12. Carolin Emcke, »Raus bist du«, *Süddeutsche Zeitung*, 13.05.2019, https://www.sueddeutsche.de/politik/carolin-emcke-kolumne-rassismus-1.4439103 (abgerufen am 09.10.2019).

13. David Bohm, *Der Dialog. Das offene Gespräch am Ende der Diskussion*, übersetzt von Anke Grube, Stuttgart 2008, S.34.

14. David Bohm, *Die verborgene Ordnung des Lebens*, Grafing 1988, S.199.

15. Robert Jones jr., https://twitter.com/sonofbaldwin/status/633644373423562753?lang=en. 由本書作者翻譯。

16. Spender, 1985, S. 211. 由本書作者翻譯。

17. Anand Giridharadas, »Democracy is Not a Supermarket. Why Real Change Escapes Many Change-makers – and Why It Doesn't Have To«, Medium, 01.11.2017, https://medium.com/@AnandWrites/why-real-change-escapes-many-change-makers-and-why-it-doesnt-have-to-8e48332042a8 (abgerufen am 09.10.2019).

18. Roxane Gay, *Bad Feminist*, übersetzt von Anne Spielmann, München 2019, S. 7 f.

DIVERGE 003

我說，所以我存在：
語言如何形塑我們的思想並決定社會的政治
Sprache und Sein

作　　者　庫布拉‧古慕塞（Kübra Gümüşay）
譯　　者　杜子倩

堡壘文化有限公司
總 編 輯　簡欣彥
副總編輯　簡伯儒
責任編輯　張詠翔
封面設計　mollychang.cagw
內文設計　家思排版工作室
內文校對　魏秋綢
行銷企劃　許凱棣、曾羽彤

讀書共和國出版集團
社長　　　　　　　郭重興
發行人　　　　　　曾大福
業務平台總經理　　李雪麗
業務平台副總經理　李復民
版權部　　　　　　黃知涵
印務部　　　　　　江域平、黃禮賢、李孟儒

出版　　　堡壘文化有限公司
發行　　　遠足文化事業股份有限公司
地址　　　231 新北市新店區民權路 108-2 號 9 樓
電話　　　02-22181417
傳真　　　02-22188057
Email　　service@bookrep.com.tw
郵撥帳號　19504465 遠足文化事業股份有限公司
客服專線　0800-221-029
網址　　　http://www.bookrep.com.tw
法律顧問　華洋法律事務所　蘇文生律師
印製　　　呈靖彩印有限公司
初版 1 刷　2023 年 5 月
定價　　　新臺幣 420 元
ISBN　　　978-626-7240-38-0
EISBN　　9786267240373 (EPUB)
EISBN　　9786267240366 (PDF)

國家圖書館出版品預行編目（CIP）資料

我說，所以我存在：語言如何形塑我們
的思想並決定社會的政治 / 庫布拉.古慕
塞（Kübra Gümüşay）作；杜子倩譯. --
初版. -- 新北市：堡壘文化有限公司出
版：遠足文化事業股份有限公司發行，
2023.05
　　面；　公分. --（Diverge；3）
譯自：Sprache und Sein
ISBN 978-626-7240-38-0（平裝）

1. CST: 社會語言學　2. CST: 心理語言學

800.15　　　　　　　　　　112004425

特別感謝：致謝內文中之土耳其文內容
由譯者林柏圻翻譯。